中国教育四重奏 之

小痛爱

鲁引弓

著

图书在版编目（CIP）数据

小痛爱 / 鲁引弓著. -- 广州：花城出版社，2018.7（2021.3重印）
（中国教育四重奏）
ISBN 978-7-5360-8632-6

Ⅰ．①小… Ⅱ．①鲁… Ⅲ．①长篇小说－中国－当代 Ⅳ．①I247.5

中国版本图书馆CIP数据核字(2018)第060948号

出 版 人：	肖延兵
策划编辑：	程士庆　林宋瑜
责任编辑：	林　菁　揭莉琳　刘玮婷
营销编辑：	麦小麦
技术编辑：	薛伟民　凌春梅
装帧设计：	刘　凛
封面供图：	黄璐霜

书　　名	小痛爱 XIAO TONG AI
出版发行	花城出版社 （广州市环市东路水荫路11号）
经　　销	全国新华书店
印　　刷	佛山市浩文彩色印刷有限公司 （广东省佛山市南海区狮山科技工业园A区）
开　　本	880毫米×1230毫米　32开
印　　张	6.75　1插页
字　　数	145,000字
版　　次	2018年7月第1版　2021年3月第3次印刷
定　　价	38.00元

如发现印装质量问题，请直接与印刷厂联系调换。
购书热线：020-37604658　37602954
花城出版社网站：http://www.fcph.com.cn

1

安贝利国际双语学校位于城南外滩的转角地带,规模不大,包括幼儿园和小学两个组成板块。

远远望去,其卡通风格的建筑造型,像淡粉的云朵,像水蓝的洋葱头,像鹅黄的积木,映衬着周边CBD区林立的摩天楼群,好似城市硬朗表情中偶尔掠过的一缕天真和温柔。

也像空降到钢筋水泥丛林里的童话城堡。

事实上,在小朋友们的嘴里,它还真被叫作"城堡学校"。

这"城堡",是这座城市里无数家长心心念念的地方——双语、外教、混班、幼小衔接、高配硬件、快乐教育……

这些与"赢在起跑线上"相关的概念,充溢着煽动的光芒。

这也就意味着在家长们的眼里,它远不是童话。

因为要迈入这"城堡"可不容易。其门槛无比现实:除学费之高、入学面试之难外,据说,还与人脉、路径有关。

这就需要种种费劲,生成种种焦虑。

你懂的。

其实,即使已身处这"城堡"里的人,也有觉得与童话离题万里的一刻。

比如此刻,在安贝利幼儿园部,正飞快地走出园长办公室的陈瑶园长,心里就涌动着琐碎的现实烦恼。

因为刚才有人来报:幼混4班的牛牛又打人了,戳到康康眼睛了。

怎么?牛牛?

陈瑶园长皱着眉,沿紫藤长廊往幼混4班的教室疾步而去。

紫藤长廊左侧的草坪上,幼儿园小朋友们像一群群小鸭子,正跟着外教们在做"欢乐英语秀"游戏,欢声一片。陈瑶园长步履匆匆,没留意到他们中的有几位正举着胖乎乎的小手,在向她打招呼。

她也没留意到长廊上的紫藤今天开花了,娇嫩的粉紫花串在风中摇摆,空气里有了清甜的芳香。

陈瑶园长走进了幼混4班,教室里空荡荡,小朋友都去草坪上参加"欢乐英语秀"了,留下5岁的康康坐在小椅子上,小小的脸庞有哭泣过的痕迹。20岁的张小唯老师像个大姐姐,一手拿

着一只红苹果,一手和着自己嘴里哼唱的旋律,在康康面前做着舞蹈手势,哄他。

陈瑶园长走过去,俯下身,伸手捧住康康的脸庞,说,康康,让园长妈妈看看。

这是一张苍白的小脸,平日里一向没什么精神,而今天它让陈瑶园长更为心疼的是,眼角旁边有了一道划伤,有点肿。

还算好,挨着眼角,没伤到眼睛。陈瑶园长嘟囔着。

还痛不痛了?陈瑶园长问,她对着伤处轻轻吹气。小男孩康康呢喃着:"妈妈来,要妈妈来。"

妈妈在上班,下午妈妈会来。陈瑶园长轻拍康康的背,对他说。

一张忧愁女人的面容在陈瑶园长眼前浮现了一下,叠加到这小男孩的小脸上,让陈瑶心里有更软的心疼。

她说,康康乖,勇敢的。

站在一旁的张小唯老师心里惶恐,见园长这么过来了,怕挨批评。她告诉园长事情的经过:是牛牛打的,又是牛牛这小孩打人。小朋友们在一起玩积木,开始好端端的,后来我一转身去给查理擦鼻涕,不知怎么了,牛牛就往康康脸上拉了一把……

小唯老师说的牛牛,是一个5岁小男孩。

陈瑶园长知道这小孩,长着小圆脸,大眼睛,理着锅盖头,看上去像日系动漫里的小人儿。

但实际上,这小人儿可不全是动漫那种萌调调,这个班的小朋友至少一半以上都领受过了他屡教不改的攻击。这个班的家长

们意见也很大，认为这小孩与人交往有问题，希望老师把他换到别的班去。

陈瑶知道这小孩让人头痛，所以这一刻她没怪小唯老师大意。

她只提醒了一句，小唯啊，对牛牛这样的小孩，他跟别的小朋友在一起时，咱的注意力要在他身上，离开一刻都可能闯祸，要盯着的。

她知道，在这接下来的时间里，自己和小唯要面对的问题是：下午康康妈妈来接孩子时，如何向她解释、道歉。

还有就是，得让牛牛家长向康康妈道个歉吧？

小唯老师显然也在纠结这个问题，她的语气里有懊恼。

换了你是她，你也会真心觉得心烦，因为这牛牛的家长确实是从不管教孩子的，校方虽已多次提醒他们，但也没什么用。

这就让人懊恼，因为幼儿教育需要家校配合，需要从家庭成长因素寻找小孩的个性原因，如果缺失了家教这一块，哪怕幼儿园方面重点盯教，也可能是失效的。

那么，家长为什么没管？

以陈瑶园长的估计，可能是这对爸妈觉得自家孩子还小，以后会好的，所以没在意。

当然，也可能如这对爸妈自己所言——"工作太忙，没时间管"。

这对爸妈也确实是忙，一个忙着做茶叶生意，一个忙着开瑜伽馆。

忙到平日里接送牛牛的都是他家的司机和保姆。

忙到爸爸从没来幼儿园露过面,而妈妈也只来过一次。

忙到幼儿园偶尔打电话请他们来开个家委会,他们都不能来,原因是"不好意思,我正在开班,脱不开身""我在印度出差",或者说"要不让保姆来吧,不好意思啊,老师,实在跑不开"。

他们忙成这样,没时间管小孩,所以陈瑶园长估计,即使哪天他们有时间了,也不会管小孩了,大概觉得送到幼儿园、学校有老师管就万事大吉了。

但今天,无论如何,需要他们来一趟。

陈瑶园长看着康康可怜兮兮的小脸,心想:除了需要提醒他们不能再不重视小孩问题之外,康康妈妈也需要得到他们当面的道歉。

于是,她起身对张小唯老师说,我去给牛牛妈妈打电话,让她下午必须来一趟。

陈瑶离开幼混4班的教室,去园长办公室打电话。

在经过紫藤长廊的时候,她放缓脚步,朝阳光照耀的小草坪上张望。

在一大群小朋友们中,她看到了牛牛。

这个闯了祸的小家伙此刻正骑坐在草坪边的小摇椅上。别的小朋友在满场奔跑玩"英语欢乐秀"游戏,他倒知道给自己省力,像一只大头蜻蜓,停在一旁歇息,瞅着红色大滑梯发愣。

从紫藤长廊这边看过去，阳光下，这小脸上有些空茫的神情。

在陈瑶园长眼里，这也是这张小脸在平日里时常转瞬即逝的表情，尤其是当他一个人安静下来待着的时候，或者别的小朋友不跟他玩的时候。

这种表情，如果你留意，就会注意。

而像陈瑶园长这样阅娃无数的资深教师，即使不刻意留意，平时目之所及，也能捕捉到它，因为在一群小朋友中间，它是显眼的。

它隐含着某种不明亮的质地，丝丝缕缕，似木然似机警、似淡然似寡欢。

家里有什么，小孩的脸上都会反映出来，如今心理学知识已日益普及，这也是好懂的。

所以陈瑶园长对于牛牛这样的小孩，有自己的猜想和判断。

以她从教多年的经验，一个小孩变得富有攻击性、暴力倾向了，不外乎这三种原因：

1.家里有了什么问题，尤其是父母间情感出现了什么问题。

2.小孩在家里常挨打。

3.缺爱。

牛牛属于哪种原因，现在不清晰。他家长总是很忙，忙到管不了他。即使这是表象，也多少意味着某些问题，不是吗？

在陈瑶园长打量牛牛的时候，这小孩也突然看到了紫藤长廊里的她了。他脸上瞬间有了笑容。

他飞奔过来，一迭声地喊：园长妈妈，园长妈妈。

一脸阳光，欢天喜地，像一只小鹿宝宝，撒欢而来。

别诧异，他就是这样的小孩，常会这样主动、热情、直接地向你冲过来，表达亲昵。

他奔到了陈瑶园长的面前，呵，小手还举着一只纸皇冠，他的大眼睛笑得眯眯的。他说，园长妈妈，给你戴。

见园长妈妈微微皱着眉，没有热情回应，他就问，园长妈妈，你是不是不喜欢我了？

小白瓜般的圆脸上，是小心翼翼的表情。他瞅着她，在疑问。

陈瑶园长连忙说，没啊，为什么不喜欢？

他说，因为我不乖了。

她说，你知道不乖，那为什么还打人？

他嘟囔道，康康搞乱积木了。

那你也不能打人啊，你可以好好跟他讲。

他点头，眼皮垂下来，腮帮子上是软软的乖表情。

她说，你这样不听话，园长妈妈真的很难过。

他已经像一只小猫仔黏在了园长妈妈身边，小脸上纯真的求饶表情让人心软。

当他与你这么个大人单独相处时，交流没任何问题，甚至相当可爱、乖萌，你不可能不喜欢他；甚至连陈瑶园长，在这种时

候也无法"免疫",无法不喜欢他,尤其这小孩还知道每天伺机黏到她的身边来,对她问长问短,表达依恋。

这是他的两个侧面。

陈瑶园长、小唯老师都感觉到了:这小孩与单个人、与群体、与大人、与小朋友、与老师、与他家保姆司机,都有不同的相处方式,搞好搞砸是在不同的纬度。

所以,陈瑶园长觉得他像"橡皮小孩",软硬兼具,有不同的反弹点和反弹力,不是传统概念里的"皮"。

现在站在紫藤长廊里,陈瑶园长对他说,牛牛,今天我得让你妈妈来一趟,打了同学,我们得向人道歉。

牛牛低着头,眼皮又垂下来了。

陈瑶园长来到办公室,从通讯录里找出牛牛妈妈杨兰的手机号码,打过去。

她听到了一个沉静的声音。

向杨兰说明情况之后,她听见杨兰在那头表示歉意,有三个歉意:小孩打人了,对不起别人家的小孩和家长;小孩打人了,给幼儿园添了麻烦;真想立马过来道歉,但瑜伽馆下午有文体局的领导来参观,自己跑不开,老公这两天又在云南做生意,过不来了,真不好意思,只能请保姆帮着向康康妈道歉,可不可以?

陈瑶园长心里有一缕火气在摇曳,她克制住,放缓声音,对电话那头说,哎,牛牛妈妈,我不是康康妈妈呀,我也不知道可

不可以呢？

于是，陈瑶园长听到那头有一声隐约的叹息，然后那头说：好吧，我让牛牛爸爸过来吧。

陈瑶放下电话后心想，刚才不是还说牛牛爸爸在云南吗？可见是借口啊，这当家长的，大概是觉得小孩的事比不上赚钱重要吧。

下午三点，李良生骑着自行车来到了安贝利幼儿园。

他进门，对等候他的陈瑶园长说，是陈园长吗？我是李子牛爸爸。

这是牛牛爸爸首次来幼儿园。陈瑶园长发现这是一个长相英俊的男子，瘦高个子，面容儒雅，像个中学老师，挺好说话的样子，倒不太像做生意的。

果然，他通情达理，对康康妈妈表达了道歉的深深诚意。

他面带难堪神情，一迭声地说，对不起，康康妈妈，我们对牛牛缺少管教，以后我们会好好管的，以后再也不会发生这样的事了。

康康妈妈林燕喃的脸上有恼火，也有疲惫。

她是一家房产公司的副总经理，其实她刚刚从北京出差回来，是从机场直接打车过来的，所以手边还拖着一只拉杆箱。

她生气地对李良生说，以后？哪还有以后哪，以后我会让康康直接打回去。

她说，以前我总教育小孩打人是不对的，哪怕别人先动手，

你还手也是打人，武力解决不了问题。但现在我明白了，一个小孩如果从小被人欺负惯了，长大了性格也会懦弱的。所以，以后若有人犯康康，我让他打回去。

陈瑶园长知道她在说气话，因为这已是康康第三次被牛牛欺负了。于是陈瑶园长赶紧安抚，并承认幼儿园也有负责。

牛牛爸爸李良生对面前的这两位女人唯唯诺诺地点头，说，对不起，对不起。

陈瑶园长告诉牛牛爸爸，幼儿教育需要家校配合，我真心觉得你们得在这小孩身上多花点精力了。

李良生脸红得厉害，说，是，是，谢谢老师提醒。

由于有他的诚恳态度，加上陈瑶园长的劝导和揽责，康康妈妈的懊恼渐渐消退。这事也就处理好了。

在大人们处理这事的过程中，陈瑶园长瞥见走廊的一根廊柱后面探着一个小脑袋，是牛牛。他爸难得来，他在向爸爸这边张望呢，眼睛滴溜转着，小手不时向爸爸招一下。

爸爸李良生其实也看见他了，所以这边谈完，他飞快地走过去，抱起儿子，盯着他的小脸蛋问，以后不能打人了，知道吗？

像所有的家长当众对于自家闯祸小孩呈现的表情，他沉着脸，关照了牛牛一番。

然后他亲了一口儿子的脸颊，放下儿子，自己往大门走去，一边走一边回头向儿子招手，儿子小脸呆萌，像一只小猫被落在后面。

陈瑶园长心想，马上到放学时间了，他这当爸的难得来一

次，不顺便接小孩回去吗？

要知道，幼儿园小朋友对妈妈接还是爸爸接其实挺在意的，因为如今多数家庭都是爷爷奶奶外公外婆接送，所以小孩们平日里都盼着爸妈来接。

但今天这牛牛爸爸还真没接小孩一起回去的意思。

他径自离去。

好像看到了陈瑶园长这一刻心里的疑问，他侧转脸，对她笑了笑，说，等会儿司机保姆会来接的。

他走出了大门。

透过镂花的铁门，陈瑶园长注意到他打开停在门外的自行车，骑上车走了。

这个晚上，陈瑶园长想着这牛牛爸爸李良生，心里有莫名的纳闷。

而其实，这个晚上，与陈瑶园长相比，李良生自己的惊讶更为强烈，因为他接到了一个电话。

电话那头是一个略微喑哑的女声，请问你是李良生吗？

他说，是的。

她又问，你是牛牛李子牛的爸爸吗？

他一怔，说，是的，什么事？

她说，果然你这牛牛爸爸就是李良生啊，难怪下午的时候我觉得你眼熟。

她说，我是康康妈妈林燕喃，原先《农村信息报》的小林

啊，你还记得吗？

他说，林燕喃？

她在电话那头说，我回来后琢磨了半天，感觉是你，越想越是，我就向原先新华印刷公司的熟人要了你的电话，给你打过来，原来还真是你啊，牛牛爸爸。

李良生吃惊地听着，在他飞速旋转的脑海里，还真的转出了"林燕喃"这个名字，和一张往日的脸庞。

这脸庞有些模糊，好像很年轻，还总带着快人快语的表情。

呵，林燕喃。

李良生记起来了，原先他在新华印刷公司上班的时候，这个林燕喃是农村信息报社的印务人员，那时她每周来一趟印刷公司处理《农村信息报》的印制事务。

印象中这是个较真的女孩，常会为一点点印刷质量问题与厂里的技工争执。

李良生对电话那头说，啊，是你啊，林燕喃，没想到原来是你啊。

是的，不说的话，他真的认不出来了。

那时候她还是个细瘦的小女生，戴着眼镜，而今天他看到的这个康康妈，有点壮实，是人近中年的模样了。

林燕喃在电话那头笑道，确实没想到，我们都十几年没见了，你还好吗？我听新华印刷公司的熟人说，你已经从单位离职出来了。

他说，出来好几年了，现在自己混呗，你呢？还在农村信息

报吗?

她说，哪会啊，农村信息报早就给整合没了，我也出来了，现在一家房地产公司做，都做了7年了。

他说，你一定做得好，你这么认真的人。

她说，还行吧，呵，李良生，想不到今天我们这样遇着了，别怪我下午的时候对你发火哦。

在他想再次表达歉意之前，她又发话，但是，李良生，你真得好好管管你家宝贝了。

2

可能是最近门票涨价了的缘故,这个星期六的上午,金泰广场6楼的儿童城人气不旺。

这倒给来玩的小朋友们增添了便利,因为不用排队等候了。

所以,今天5岁小男孩李子牛和他9岁的姐姐李子伊玩high了。他们像两条灵活的小泥鳅,穿梭在"淘气堡""高弹蹦床""彩球池"之间,攀爬、弹跳、翻滚……"咯咯咯"的笑声传响在儿童城里。

在外婆华蓉望过去的视线里,这小姐弟俩像两个玩疯了的小疯子。

她想,这么个疯法,牛牛今天晚上可能要尿床了。

此刻,外婆华蓉正坐在儿童城软胶围栏外侧的"方记甜品"

卡座上,年过六旬的她脸型硬朗,一头"奶奶灰"的利落短发,身穿烟灰色半长毛衣。她在喝着一杯芒果饮品,目光不时投向围栏里自家的那两个小家伙。

离外婆华蓉30米开外的商场休息区长椅上,另一个女人也在向这两个小孩张望。

是妈妈杨兰。

杨兰三十五六岁模样,鹅蛋脸,眉目俏丽,挑染过的长发盘成一个利落的丸子,即使是坐着,你也能感觉得到她身材的挺拔和优美。这也是自然的,开瑜伽馆的人,自己当然得有说服力吧。

杨兰在张望孩子的同时,还不时低头看手机里的微信朋友圈,而她眼角的余光,也在悄悄打量坐在自己身边的那个男人,前夫李良生。

李良生也在看手机。

他盯着手机屏幕的样子,一向让她鄙视。

还没离婚那阵,他就这样了,回家就捧着个手机,手机里面的世界对他有更大的引力。她想,他就是这样一个人,不会改了,有什么事能让他打得起精神去扛呢?

这一刻,如果你从金泰广场高处俯视下去,你或许会有这样的感觉:杨兰、李良生、华蓉,这3个大人的坐姿、视线、神情里有一种不搭调的相关性,就像一曲旋律走调的3个音符。

杨兰李良生曾经共谱的这首家庭乐章,4年前就已曲终。

现在你惊鸿一瞥的，是它一言难尽的余声。

说它曲终，是因为真的散伙了，哪怕按返回键，它也无法回去了：杨兰在离婚后的第二年再婚，嫁给了做茶叶生意的尚君安；而曾经颇有女人缘的李良生，如今虽还单着，但也常有相亲。一切都已经或者正在翻篇。

而余声，是因为这场狗血的婚姻留下了这两个小孩。

如若没有他们的存在，这对尚还年轻的爸妈，愿意像烟雾一样彼此消失。

但因为有了他们的存在，这曾经的婚姻，就留下了一道无法像笔迹一样可被橡皮擦拭去的、不可抗拒的痕迹——

离婚时1岁的儿子牛牛判给了妈妈杨兰，5岁的女儿伊伊判给了爸爸李良生，一人带一个。这虽没话说，但这带走的和留下的都是骨肉，注定了哪怕同一屋檐下的曲子已经奏尽，这一生还有绵延不绝的尾音需要接听。哪怕如今杨兰已带着儿子住进了尚君安位于滨江的"望江一号"别墅，李良生带着女儿住回了他爸妈位于城北的建工新村老屋，他们还被一根绳子隐隐地拴系着。

他们还得见面。

根据离婚协约，每月第2个星期六的上午，是彼此探望小孩的时间，他们得各自带小孩过来，让对方见上一面。

这是"前家庭"的团聚时光。

在不谙世事的小姐弟俩的表情中，它是被期待的喜欢。

而在两个大人的感觉里，这完全是为了见到小孩的会面——那个如今散落在另一个家庭里的小孩，是自己割不断的血缘，遏

制不了不见的相思。

至于大人自己,彼此则没有任何相见的乐趣。

所以,每次这样的相聚,杨兰李良生心里都交错着有趣无趣感伤怨恨的滋味,于是彼此少说话为妙,免得话不投机,又要开吵。

今天也一样,所以李良生自顾自玩手机。

但他感觉到了前妻对自己的窥视,脸上由此有了一缕鄙视和厌倦。

她内心正在翻江倒海。切,不就是前天让你代我去了一趟牛牛的幼儿园。其实老师说的意思,我心里有数,只是我忙成这样,也是有苦衷的,小孩到底还小,我会用心的,但轮不到你李良生觉得我失责,如果我失责,你不更失责吗?

她想着那天李良生在电话里跟她说这事的语调,这语调在她听来,有种莫名其妙的、高高在上的指责和埋怨。

我对牛牛失职,你对伊伊就尽职了吗?杨兰内心对李良生充满反感。

她心想,以我现在的经济实力为牛牛铺路,牛牛以后差不到哪里去,难道你没看见他读的是"安贝利"吗?而你呢,你让伊伊读什么学校?红阳小学,家门口的"菜场小学"!两年后,伊伊就要"小升初"了,你知不知道这点?你怎么好像没事一样?

她这么想,心里就有火,抬头往儿童城望过去,想寻找女儿伊伊的身影。

啊,她一眼看见女儿伊伊正站在"彩球池"里用手捂着头在

17

哭,"哇哇哇"。

她飞快地走过去,看见妈妈华蓉已经走到围栏边了,在劝伊伊别哭。

原来是伊伊被弟弟牛牛掷过来的彩球砸到了眼眶,被砸痛了。

外婆说,好了,好了,牛牛不是有意的。

可能是太痛,小女孩哭得停不下来,外婆华蓉就有些责怪她的意思了。外婆说,伊伊你都这么大了,都读小学了,还在玩这个,谁让你玩这个的?!

伊伊更委屈了,心想,是弟弟砸到我了,你还骂我,这太不公平了。

她抽噎着说:"不公平,不公平。"

"不公平",这呜咽之语掠过杨兰耳畔,让她有被电了一下的感觉。

杨兰疾步走进儿童城,一把抱住女儿,对着她的小耳朵悄悄道,伊伊别哭了,是有点不公平,伊伊,不要哭了,妈妈知道的。伊伊,你是妈妈的好心肝,妈妈知道的,现在是有点不公平了。

她感觉女儿像一只小熊宝宝在她怀里颤抖着委屈,这让她感伤弥漫,她说,伊伊,妈妈跟你一起的,妈妈会跟你一起的。

她对闻声而来的前夫没头没脑地说,李良生,你准备好她的"小升初"了吗?你到底想让她读什么学校?

关于女儿伊伊转学的念头,杨兰就是在这一刻产生的。

与往常一样,今天的聚会大约花了两个小时,然后彼此道别:"再见,跟姐姐再见,跟弟弟再见。"

下一次见,将是一个月以后了。

杨兰开车带儿子回家,车子拐过金泰广场转角时,后视镜里是女儿伊伊正被李良生带着走向地铁站的身影。

那个小身影还回头看了一下,像是想在车水马龙中找妈妈的车子。

杨兰眼睛鼻子发酸,似有泪水要涌上来。

她听见儿子牛牛在后座上嘟囔:为什么姐姐不可以跟我回家去玩?

杨兰握着方向盘,看着路面,心乱地哄了他一句:哪天我们把姐姐带回来。

外婆华蓉也坐在女儿杨兰的车上,她对外孙牛牛笑道,哎,姐姐有个家,牛牛也有个家,都已经玩了一上午啦,每个人都得回自己的家去,姐姐还要做作业。

华蓉这话是个含糊的理由。

但在女儿杨兰听来,她这老妈跟人说话哪怕跟小孩说话,调子里也总有种生硬的东西,好像很果断又好像假惺惺的那种东西。杨兰将这种言语风格归因于她妈那代人经历过的"狠斗"的年代。年少时缺爱的教育的那一代女人,到老了,不少人还是硬邦邦的。

像多数脾气相冲的母女,女儿杨兰看她妈也未必没带主观色彩。

她妈华蓉确实不是那种拿着小碗、屁颠颠地跟在外孙后面喂饭的慈眉善目的老太太，但最近这阵子，她倒是对女儿杨兰、外孙牛牛这边跟得挺紧的。

比如像今天这样的相聚，她这个外婆以前是不来的，但今天主动地跟来了。

还有，她对外孙牛牛说"每个人都要回自己的家"，但其实此刻，她自己可不想回她位于城南胜利小区的那个房子。

她要跟着这车去女儿位于"望江一号"的家。

这是她在对女儿这边做调整吗？

呵，在杨兰的眼里，她妈这阵子有她自己的心思。

这其实也让她心烦。

好在此刻她心里充溢着对女儿伊伊的心疼，这让她无暇过多地将思绪停留在老妈华蓉的身上。

杨兰开着车，在车流中穿行，眼前晃动着刚才女儿哭泣的脸庞，她也由此回顾了自己上一场狗血的婚姻。

3

说来你可能不信，10年前杨兰嫁给李良生是因为一碗饭，而4年前他俩离婚是因为一条狗。

"还真的是因为一碗饭，"杨兰后来对朋友叹息说，"你不知道它有多美味、多香甜，对于我，它有多暖。"

这碗影响终身的饭，是杨兰跟李良生恋爱时第一次上他家，他妈韦红霞亲手为她做的晚餐。

杨兰说，与李良生这人相比，其实是这碗饭打动我了。之前我从没吃过这样又家常又美味的晚餐，它冲着我来，是专门为我做的，那种热乎乎的香味，好到不可描述，让我从味蕾感动到了周身，我立马喜欢上了这个家。

杨兰迟疑了一下，问，说出来是不是有些丢脸？

丢脸倒未必，那么温情的细节，也有动人的因素，但它可能会让人联想到它的B面，即，如果是这碗饭让杨兰走向了那场不如意的婚姻，那么她老妈华蓉多少得背点锅吧——

杨兰在家从没吃过这样的、妈妈做的饭？

从没感觉过这样冲她而来的一团热气？

从没被这般热气如此感情动怀，温柔覆盖，洞穿心扉，尤其是在晚餐桌的黄昏灯光下？

无论妈妈华蓉承认与否，无论她是否把原因归于自己手艺不佳或"不想在吃喝上花心思"，但有一点确凿无疑：杨兰在家里确实没领受过类似这样的饱含在食物中的情感辐射，所以她在别人家里受到了这样的冲击，换言之，被一碗饭搞定了。

呵，一碗饭，只是个情感的指代。

事实上，在杨兰贯穿今生的记忆里，妈妈华蓉喜欢的是妹妹，而不是她。

妹妹杨慧伦比杨兰小2岁，所以从杨兰懂事起，在她的视线里，妈妈抱着的、亲着的都是妹妹。

这个妹妹对于她的意义是：让。大的要让小的，妈妈说。

所以，吃的、玩的，包括妈妈的宠爱，都让给妹妹。

在胜利小区那个家里，在寡言的工人爸爸杨光、强势的护士妈妈华蓉和被宠的妹妹慧伦之间，杨兰像一只心有饥渴的灰小猫，那份饥渴哪怕在如今的回忆中还是那么分明——想要妈妈抱抱自己，亲亲自己。

但没有。

就像一杯营养液,心里的海绵小时候没吸透,长大了也有情结。

所以,当李良生妈妈韦红霞做的那碗饭冲着她而来时,她被瞬间击倒了。

那氤氲的温暖气息,让她喜欢上了这家人,喜欢上了这屋子里混杂着食物香味的暖意。

她就决定嫁给这家人的孩子了。

那时她在越剧团办公室工作(从艺校毕业后,学青衣的她就被分到了越剧团,没上几次台演出,她就因为严重的化妆过敏而改行做了幕后的行政工作);那时李良生还在新华印刷公司上班(毕业于印刷学校的他,是公司里的技术员,管着那些从德国进口的印刷机的日常运行和维修)。

因为有了婆婆这一碗饭对情感的升华,他们走到了一起,都那么年轻、好看,站在一起不可能不般配。

只是,婚姻可不像吃一碗饭那么简单。

结婚后她才意识到自己与李良生压根儿是两类人,三观不同,磨合辛苦,争吵不断。

她发现,这个李良生其实是一个被宠坏了的小孩。

而李良生发现,这看上去漂亮柔和的越剧团女孩,其实太硬,做什么都非要达到不可,太累了。

彼此间磨合得缓慢、笨拙,争执连绵,尤其又置身于这样一个瞬息万变的大时代,每阵风过,小两口的冲突就围绕在人生各种转型节骨眼上展开,吵到心痛、心碎:

比如，关于李良生是否读"专升本"；关于李良生是转岗去营销部，还是在本部门处理好与同事关系争取下一轮晋升；关于李良生是否要将重心放在炒股；关于李良生是留守已待了10年的印刷行业，还是辞职下海，跟人一起去开画廊……

总的来说，杨兰主张的方向有些求稳，但需韧劲。

而李良生依持的是想象、有趣、义气，然后是泄气，不面对，不断转场。

在李良生第四次转场遇挫后，杨兰生气地对他说：选择是要承担结果的，养这个家也是需要钱的，你凭着性子兜来转去，还是不是男人啊？

面容英俊的李良生就做男人给她看。

那阵子开画廊的他身边还真有几个女人在跟他黏糊。

这"彩旗飘飘"终于传到了杨兰的耳朵里，她惊愕、愤然，质问他，搞什么名堂，要不要过日子了?!

是流言哪！李良生为自己辩解说，只是有点暧昧而已，以后会注意的。

她望着已经4岁了的女儿伊伊，给了他机会，并且以她的个性，又怀上了牛牛，这是想让他有承担心，从此成熟起来，好好过。

结果，她生下儿子才7个月，还在哺乳期，一个学画画的瘦高女孩闹上门来，让她把老公让出来，说，你也太自私了，他过得不开心。

她当天奶水全无，一滴都没了，她抱着饥饿的婴儿，与小孩

一同哭泣。她一脸惨白,指责李良生,你想玩,你会玩,我怎么不想玩呢?我管两个小孩,管得灰头土脸,每天还去上班挣这两个钱。

李良生承认自己一不留神,犯了男人都会出的错。

他哀求,好好好,我再也不了,但也求你平时给我点好脸色,给一点温暖让我好过点。你平日一副鄙视我的样子,别都怪我吧。

这样的心境下,好脸色嘛,即使想给,她也给不了多少。

而他倒是果然有改,甚至变安静了,甚至回家也不怎么说话了。

3个月后,他要带一条狗进家门来,一条硕大的金毛犬。

她尖声叫起来,这么大的狗,会吓着小孩的,再说,养什么狗呀?养小孩都不够精力,你算过他们以后上幼儿园、上小学需要多少钱?

她无法阻止,他还是执意带狗入室,他说,这狗很温柔的。

她让他睡到杂物间去。他好像是有意的,就真与狗住进了杂物间,并且每天对狗亲昵到比对这屋里的老婆、女儿、宝宝更亲。

她对女儿伊伊说,你看看,他对狗比对我们好。

女儿支棱着眼睛看着她,点头,欲哭。

她在心里对自己说,你说这样的男人留着干吗?

于是,她提出离婚。他答应了。因为他也确实过得不开心。当然如果让他自己先提出来,他可能没这个勇气。那她就给他勇

气吧。

倒是他妈韦红霞,那个做得一手好菜的女人,来求她别离了,说,是良生不对,是我没教好……

她对婆婆说,我从小没被人宠过,所以也不想宠人,不会一次次迁就他的毛病,再说他自己巴不得离呢。

杨兰这一次绝不回头,断然离婚。

离婚后,杨兰带着儿子牛牛过了一年,在这一年里,除了情感伤痕,她还感觉到了生计艰难也像细密的针脚,缀满在生活的这块布上。

比如,住。住哪儿?

离婚后她和李良生把原先住的房子给卖了(不卖不行,按揭30年,一个人的工资供不起),双方各分了40万块钱,这点钱她买新房是不可能的,那么住哪儿呢?在寻找出租房的那些天里,她只能挤住在妈妈华蓉家。哪想到才住了4天,妈妈就表达了意见,说,杨兰,别怪我赶你走,你在这儿多挤一天,其实就耽搁你自己开始新生活一天;再说,你爸爸去世、你妹妹出嫁以后,这屋子我一个人也住习惯了,现在你这么回来了,小宝宝整天哭,还挤进来一个保姆,我也老了,吃不消了……于是杨兰手忙脚乱地在城西找了个小套,搬出去住。搬出去的那天,天下着毛毛细雨,妈妈华蓉送她到门口,对她嘀咕了一句,别怪我,妈也是为你好,人有时候是需要逼的。还有,以后呀,你记着看人看事眼睛要睁大点。杨兰笑了笑,知道她指的是李良生。杨兰抱着婴儿,带着保姆玉芬,在雨中离开了妈妈家。她能感觉到保姆玉

芬眼里对自己的怜悯。而她自己对华蓉则没有太多抱怨,她知道她妈就是这样一个人,对人对己都不太客气,除了对妹妹杨慧伦是个例外。

又比如,钱。去哪儿赚钱?

一个人带着儿子过之后,每月房租3200元,保姆费4000元,单这两项,杨兰每月从剧团拿的那点工资就远不够贴,只能吃那点卖房款的老本了。单位效益也日趋不佳,越剧市场不景气,年轻人不爱看传统戏,团里演出量连年递减,演职员收入下降。杨兰想,自己才三十出头呢,这饭碗以后还捧得下去吗?她看见有些人离开剧团,心里茫然。

这是她生命中最难的时候,这一年雨季特别漫长,每天下班回来,她抱着婴儿牛牛,心里惦念着被分隔在城市另一隅的女儿伊伊——那是她的心肝,在她最被李良生所伤的那些日子里,这4岁的小女孩已经知道站在妈妈身边,瞅着哭泣的妈妈,抚着妈妈的手背,给妈妈安慰了。离婚时杨兰是多想把她也带来啊,只是牛牛才1岁,两个小孩中她只能选择更需要妈妈的婴儿,但她心里更依恋的是这个已能跟她交流了的女儿。记得从法院回来那天,她对哭泣的女儿说,妈妈会来带你去的,妈妈保证。

这一年,愁云惨雾中的杨兰抱着婴儿,常常看着出租屋窗外湿漉漉的街道,心想,关键还是没钱,所以,杨兰,你要记住了,一个女人看人看事,除了要睁大眼睛,还得有自己的营生,哪怕别人靠不牢,她还可以靠自己⋯⋯

也正是在这个时候,越剧团陈方莲副团长给杨兰介绍了雅风茶叶公司的老总尚君安。

陈方莲对杨兰说,老尚是我老乡,这人虽经历过一些事,但人其实不错,如今他算知道要过日子了……

确实,事后证明陈团长说得没错。

尚君安这个还算有钱的主,能在这个时候跟带着孩子的离异女人杨兰对上眼,还真是因为他想过日子了。

之前老尚有过两段婚姻,一婚女主是位财务,二婚女主是个研究生。这研究生美若天仙,却在跟他结婚8个月后甩了他,分了1000万而去,所以,老尚怀疑自己可能遭遇婚姻诈骗了。

老尚遇到杨兰的时候,刚从二婚出来,还带着惶恐和伤痛。见了杨兰后,他这样告诉介绍人陈方莲自己对杨兰的感觉:这个人蛮好,学越剧的,一看就知道蛮传统的、蛮实在的,长得也蛮好看的。

人与人就这么机缘巧合,相逢在各自的不同人生时段。这是缘。

相识交往,点点滴滴,杨兰能感觉到老尚的诚意。她发现,他虽混迹商场,但骨子里还是憨厚的。

以她如今日趋理性的思维,她想尽快给自己和牛牛找个落脚点,于是,在交往半年之后她就跟老尚结婚了。

对于这场婚姻,杨兰虽不知道它以后会怎么样,在这么一个万变的年代里,遇上这么一个有点复杂经历的男人,面对的又是价值多元的生存处境,一切都不好说,但就目前两人相处

状况和家庭氛围看，杨兰感觉这重组还是好的，他对她，对她儿子都是很好的。而且归根到底，两人都有想把这日子过下去的那份心思。

当然，对于杨兰而言，有了这些年的经历，尤其是出租房里的愁苦一年，她不会忘记自己曾对自己的告诫：自己才是自己的支柱，女人得有自己可以依持的营生。

所以，当老尚让她别去越剧团上班了，她就提出让他投点资，给她开个瑜伽馆。

她有做这事的基础，因为从艺校起，她就有练功的底子。

还有，她喜欢瑜伽，她曾跟团里的姐妹们学过，平时午休时间也常去剧团练功房练一下，让身心放松。

她知道这年头许多女人都有这个需要，她揣摸应该有这个市场。

老公尚君安依了她的意愿，投资了瑜伽馆，她将瑜伽馆取名为"心香"。

为这"心香"，她忙得团团转，找场地、装修、请瑜伽老师、设计课程、营销、管理、客户维护……

结果，她做得风生水起。尤其从去年开始老尚的普洱茶生意不太好做了，她这"心香"却日趋兴隆，以这样的势头，瑜伽馆盈利额在未来哪天超过老尚的茶叶生意都有可能。

于是，她更像一只旋转的陀螺，停不下来了。

在这片忙碌中，对于儿子，她分身无术了，只能让保姆玉芬和司机李虎多看着点。

她也知道这不太好,除了幼儿园时有告状电话打过来之外,还有她作为妈妈的直觉。

这直觉是这小孩跟自己不太亲,5岁了,却没女儿伊伊当年跟自己的那种亲近。

但她也没有办法,瑜伽馆既然开办了,就有它的运营节奏,开班、管理、营销就得忙。

她不能不忙,心香瑜伽馆才起步,人气在上扬。

她不能不忙,还因为曾经苦过,曾经太过没钱。

人在分身乏术的状况下,也会给自己寻找开脱的理由。比如,对于来自幼儿园的"告状"电话,杨兰虽不可能不当回事,但,与不少妈妈一样,对自家小孩的偏袒本能,使她也会这么想:

首先,幼儿园老师"告状",总是以她们的角度。我承认我家小孩可能是皮了点,但他才5岁哪,在家里是散养的,到幼儿园你非要他文文静静,没事也要安静地排排坐着,怎么可能?5岁男孩本来就是皮的,否则还是男孩吗?男孩间打打闹闹总是有的,他们会以小孩的方式自己解决的。难道你非要他们以你大人的逻辑?否则就当作坏小孩?

再说牛牛才5岁,送到幼儿园本来就是让你们来教的,都这么贵的学费了,7万一年,你们觉得不乖,那就教他呗。他还这么小,值得你用大人的眼光盯着他、判断他这也不是那也不是吗?我们自己也是这么长大的,小屁孩时候不懂的事,大了总会懂的,现在他还这么小,以后慢慢教,也总来得及。

往事与心事,在心里拥堵。这条回家的路也一路红灯。

杨兰握着方向盘,盯着路面,开开停停。在对往事的复盘中,她也在琢磨眼下堆到了面前的问题。

她想着女儿伊伊哭泣的脸,想着安贝利的陈瑶园长前天打来的电话,还想着刚才前夫李良生那张被她鄙视的脸(那脸上同样也带着他对她的鄙视和埋怨),许多念头在心里组合发酵:

李良生,你有什么资格怪我疏忽了小孩教育,你比我更不负责任,你对自己都负不了责,你有什么能力对小孩负责呢?你开画廊倒闭后,东做做西做做,没个常性,如今越混越low,伊伊跟着你过,这对她来说是不公平的,如果她与弟弟牛牛比的话。她"小升初"你有在费心吗?她一个小女孩,起跑线错过一两步,就是错过一辈子,你搞砸的话,我不会放过你。

我必须让伊伊转学,她都四年级了,再在"菜场小学"待下去的话,那两年后她怎么考得进优质民办初中?李良生,我得让她转到安贝利小学部去,你出不起钱,我出,你没有人脉,我来,你不行,我像个男人一样去搞定,这总可以吧。

牛牛这小孩从出生到现在一直是保姆玉芬在带,最近他在幼儿园里表现那么调皮,这说明随着他一天天大起来,保姆玉芬的文化素质、育儿理念是跟不上了。所以咱得换个保姆了,换那种有本科学历,甚至研究生学历,有专业幼教知识的保姆。

……

杨兰一路开着车,一路念头不断。车过南湾大桥后,路况一下子顺畅了。她加快车速,前面辽阔的江景在迎面而来。

4

这天晚上7点钟,外婆华蓉背着一只黑色女包,来到了城北建工新村。

这里是她前亲家韦红霞、李毅行的家,如今前女婿李良生和外孙女李子伊也住在这里。

她就是来找他们的。

她上了7号楼2单元2楼,敲左边门。来开门的韦红霞见是她,明显愣了一下。

孩子离婚后,两家大人基本没有往来。

华蓉对韦红霞笑了笑,说,我是来送语文课本的,伊伊的课本今天落在我包里了。

没错,今天上午李良生带伊伊去金泰广场跟杨兰、牛牛碰面的时候,伊伊随身带了一本语文课本,本想在玩的间隙背一下《别董大》(因为星期一要默写),结果人到儿童城就玩疯了,哪有时间背书啊。这课本就暂交一旁的大人保管,外婆就把它放进了自己随身背的包里,而中午分手的时候,却又忘记把它拿出来了。

华蓉从包里掏出课本,对韦红霞叹了一口气,摇头说,呵,否则我也不过来了,今天我原本是准备住杨兰"望江一号"那不回市区了,但小孩没课本可不行。

既然前亲家来了,哪怕彼此有些尴尬,韦红霞当然也得请她进来坐坐。

华蓉既然来了,当然也得进屋来看看伊伊。

她手里拿着课本,先跟李毅行打了个招呼,又飞快地往各房间探了一眼,说,呵,伊伊在写字啊。

这是一套建于20世纪90年代初的老式公房,结构局促,家具色调黯淡,小女生伊伊正在她的小屋里写作业。这小屋其实就是后阳台,小小的后阳台被封成了一间小屋,如今成了伊伊的空间。

华蓉冲着伊伊埋头写字的背影走过去。

伊伊知道外婆来了,回头看了一眼,小脸上有些木然。她叫了一声"外婆",伸手接过外婆手里的课本,放在桌上,低头继续写字。

外婆华蓉站在一旁看她写字,说,作业很多吗?

伊伊没出声,她一边写,一边停顿,一边用橡皮把刚写的那

些算式擦掉。

外婆看着她写写擦擦，搞得很辛苦的样子，就说，别老是擦。

伊伊没响，继续写写停停擦擦。

华蓉就唠叨了：很难吗？想好再写，这样写好擦掉，写好再擦掉，影响效率，动作太慢。

伊伊嘟哝，你做做看。

华蓉感觉到这小孩对自己站在一旁观看的不耐烦情绪，就转身出来，对小客厅里的韦红霞、李毅行说，做这点作业真累，我感觉她做这点作业真累，你们有没有给她请家教？

韦红霞说，家教倒是没请。

华蓉继续问，没给她报班吗？

华蓉跟人说话的语调里，常有一种居高临下的姿态。这一刻也不例外。

韦红霞说，才四年级哪，每天作业都做到很晚，还要在外面学？

华蓉说，哎，可能正因为没在外面学，做作业动作才这么慢吧。

华蓉脸上飞过一丝复杂的表情，是对这前亲家认知能力的惊讶，和惊讶后面的鄙视。

对于这前亲家，华蓉是有优越感的，以前就有，涉及方方面面。比如，别的不说，单说身份吧，她就觉得自己这医护人员哪怕只是护士，也比韦红霞这原棉纺厂工人要高一层级，因为自己是事业编制退休,而韦红霞是买断工龄的企业早退人员。

今天难得登一次门,她的优越感更需要对韦红霞表现出来。

这是她的个性。

还因为面前这女人的儿子让自己女儿杨兰吃了一场婚姻的苦头,更因为如今女儿婚姻重组圆满,创业成功。

这是华蓉的心理制高点。

所以,此刻她将这制高点融入对韦红霞的每一句提醒中,她说,阿霞,现在哪个家庭的小孩不在补课哪,不补的跟不上。你们要注意了,伊伊不是才四年级,是已经四年级了,四年级不抓就来不及了,也可能现在抓都有点来不及了。早上在金泰广场的时候,我就听见伊伊她妈在为这事发急呢。

华蓉说的这些,韦红霞懂。

如今每天晚饭后韦红霞带着伊伊去楼下散步的时候,在小区花园里听到的也都是这些与小孩读书相关的声音。

那些聚在那儿聊天的妈妈爷爷奶奶外公外婆们,说的大都是这些"补课""奥数"的事:你家小孩在哪里读?以后去民办初中吗?是不是读双语学校?有没有学奥数?报了几个班?参加竞赛吗?

信息穿梭之间,人也在这小区里的仰视圈和鄙视圈穿梭:"补课1小时200块,数学培训班3万块,双语学校一年费用8万块;我们家那个小的,才18个月就在学了,每次早教课300块;民办初中除了摇号、面谈,现在就得找门路托人了,你们找到了吗……"

这些声音，就像一面面彼此映照的小镜子。无论是就家境来说，还是就用心度、操作能力而言，作为奶奶的韦红霞都处在鄙视链的底端。

对此，她平日已有感触，此刻她更感觉到华蓉话风中咄咄逼人的锋芒。

她有点吃不消了，就讪讪笑道，哎，那也要她爸爸给她报哪。

这话正好冲到了华蓉的靶子上。

华蓉语气里的"鄙视感"往更深的方向渗透了一步。她说，伊伊她爸自己还是个小孩哪，哪懂啊。呵，这年头小孩读书的事，别说他一个大咧咧的男人家不懂，就是一个细心妈妈专门对付这桩事都用不过心思来，我小女儿慧伦都读到博士了，不就做全职妈妈了嘛。阿霞，这年头管小孩真不容易，可不比我们那时候啦，想不到现在当个爸妈也这么不容易了，不是想当就当，是当不当得了的问题了。

华蓉继续自顾自念叨，阿霞，有伊伊在，我们也还算是亲戚，刚才我听见她妈在跟人打电话，说想让她转学到好一点的小学去，其实这是可以考虑的，因为要"小升初"了，好多家庭都是当一场仗来打的。

韦红霞有些发怔，这个做得了一手好菜的女人一向不善言辞，此刻她心里的焦虑和气闷，在华蓉拐弯抹角挟带鄙视的话语里弥漫。

她避闪着华蓉的视线，点头说，等良生回来我跟他说报班、

补课的事。

不需要韦红霞转告,华蓉从她家出来,下楼到单元门口就遇到了刚要进来的前女婿李良生。

李良生跟早上她见到时的样子有点不一样了,穿着一身深色西装,打着领带,很正式的模样。

哎,是你啊。华蓉打了声招呼,瞅着他这正式的一身,心想,他莫不是去相亲了吧?

她告诉他自己是来送课本的,并随口问,你在外面玩啊?

前丈母娘的突然登门让李良生有些吃惊。

她这问话的语气还让他感觉逆耳。

他轻描淡写地说,哪里,在陪人看房子。

哦。华蓉这才注意到他西装上佩戴着一枚中介公司的徽章,她抿嘴笑道,哦,是听说了,你现在在做房产中介小哥了。

李良生勉强一笑,哪还是什么小哥,都这把年纪了。

华蓉笑起来,说,还好还好,还是小哥。

这话似有双关的讥意。

他还来不及回话,华蓉就又开腔了,跟他讲了一通关于伊伊补课的建议。

她说,我感觉到了,她做作业慢,写写擦擦,说明还没理解透,你要给她去报班,补课。

李良生点头,但他心里颇不以为然,你这么来一趟、瞟一眼,就发现问题了?就算你特能发现问题怎么着?你像杨兰一样

嫌我这不对那不对是不是？挑什么毛病？

华蓉觉察到了他脸上有这一丝厌烦的意味。

她知道这些话由自己说来他不爱听，但管他爱听不听的。

她继续说，我这么匆匆忙忙地过来，还有句话想说，小孩的作业大人是要每天晚上盯牢的，如果你没法盯，那得让人盯；如果家里没人有能力盯，那是不是考虑让她转学，转到那种有夜自习的私立学校去，比如安贝利就蛮好的。

李良生心里的情绪在涌上来，他心里有气，挑什么毛病？都已经不是一家人了，你管得那么宽干吗？一家人时也没见你管呀。

他仰头，在单元门廊昏黄的灯光下古怪地笑了一下，对华蓉说，转学？呵，这不用你操心了，我们伊伊的学习不用你操心了。你放心好了。

李良生向华蓉挥了一下手，说了声"再见"，就快速上楼去。

他一走进家门，就先往女儿伊伊的房间走去。刚才华蓉的话多少对他有点暗示。

伊伊是在做作业。他进来，她没出声。

他说，伊伊在做作业啊。

她"嗯"了一声。

还没做好啊。

她继续"嗯"。

他站在她的一旁看着她写字。

她果然写了擦、擦了写，速度挺慢的。

他就说，别总是擦了写、写了擦，想好再写。

伊伊心里有些烦，除了题目本身，还因为今天怎么搞的，两个大人这么轮流进来、这么盯着她写字、这么提醒她。

他说的下一句话让她更烦，他说，动作这么磨蹭，你考试怎么办？

她抬头看了爸爸一眼，说，别烦。

那意思是要爸爸出去。

李良生只好转身往外走，不影响她的情绪。这个小丫头平时脾气有点大的。

伊伊回过头来，对着她爸的背影说，我不会做，因为我没补课、没学奥数。

是的，刚才外婆跟奶奶在外面客厅里说话的时候，她竖着小耳朵，都听见了。

5

恋家房产中介公司开在蓝山大厦一楼,临街的落地窗上贴满了各种二手房信息,在午后的阳光下,眼花缭乱的一大片。

杨兰将车停在蓝山大厦对面的街边,迎着阳光走过来,打量玻璃窗上的房子信息,650万、800万、960万、1200万……她微张了一下嘴,心想,这价格,这些人也真敢报啊。

好在现在的杨兰已不像刚离婚那阵子每天为房价的攀升犯愁了,此刻,她在意的是玻璃后面的人。

她看见了,李良生在里面,正坐在一台电脑的后面,在跟客人说话。

果然是在这儿做中介小哥哪。

昨天她是找了李良生的老哥们金海航,才打听到他如今确凿

的上班地点。

李良生在里面,但杨兰没进去,她装作饶有兴致的样子研究着玻璃窗上的信息,等他上班的空当,想让他出来。

那位跟李良生说话的客人显然只是来问问行情的,一会儿就站起了身,李良生把他送到了门口。

李良生见门外有个女人在看玻璃窗上的信息,以为是个潜在的客户,就笑着迎过来问,你好,有看中的吗,要不进去看看?

杨兰侧转过身,对他说,不进去了,李良生,我找你有事。

李良生这才发现这女人原来是杨兰,前妻。他脸都红了。她来干吗?她怎么知道我在这儿?

于是在"恋家"门口,站在一大片地产信息前面,她以简洁的言语,向他说明了自己的来意。

她说,伊伊已经四年级了,"小升初"迫在眉睫,她现在读的红阳小学等于"菜场小学",你平时又没给她在外面报补习班,她这样的学习状况,两年后怎么进得了排名前几位的民办初中?所以,我托了人,费了劲,好不容易搞定了,安贝利国际双语学校小学部答应让她转过去读四年级,那里会有强化训练。

由于昨夜华蓉已有"剧透",所以此刻李良生脸上没显惊讶。

他断然否决,说,没必要,我觉得没这个必要。

杨兰不知道前夫在想什么,她睁大眼睛说,怎么没必要?我费了好大的劲才搞定,你以为想转就能转啊?

李良生说，没必要，都在红阳小学上了4年了，转过去小孩不适应怎么办？

杨兰说，你是为了她现在的适应，还是为了让她适应未来？你是怕出钱吧，我出，每年8万，我出。

李良生就更不舒服了，他说，女儿是跟我的，就不用你操心，不需要你介入。

她遏制心里上升的火气，说，我不操心的话，转眼就"小升初"了，你看着她去读就近入学的公办初中？那如今快成"菜场中学"了，我告诉你。

他笑了一声，说，切，别这么夸张，公办初中怎么就成了"菜场中学"？民办初中怎么就成了非读不可了？

眼前的太阳光很晃眼，她心里的火更大了，她说，李良生你是生活在太空中吗？如今不读民办初中，怎么考得进重高？你去问问现在小学六年级每个班前15名的学生选的是公办还是民办，你再去查查每年公办初中的生源情况，你再去看看每家公办中学如今一年有几个能考进前4名的重高？

他的恼怒也在升温：到我上班的地方来跟我争，有病啊？

他反驳，看人家有什么好看的，人家花几百万补课、上私立中学、出国，最后不也回来找了几千块钱的工作吗？

她提高腔调说，呵，最后还不如你当中介卖房子是不是？

他又驳回一句，卖房子又怎么了？房地产现在是风口，人不站风口站哪里？

她哧地一冷笑，你转了一圈，现在倒知道人要站风口了？

他翻白眼，我爱站哪里就站哪里。

她咬牙，你爱站哪里是你的事，你女儿站在哪个台阶上你得负责。

他切齿，我怎么不负责了？

她鼻腔哼一声，你还负责？冲你跟我说"小升初"这事你脑子一片空白无知状，我就知道你一点功课都没做，一点行情都不懂，你去看看别人是怎么当小学生的爸爸的。平时你在干什么？在忙什么？

他脸色铁青，歇斯底里地喊，我干活，养家糊口怎么啦？！

她知道自己的话把他给刺狠了，于是放缓了语气，说，我出钱好了，伊伊转学过去的赞助费、学费我来出。

对于她今天第二次说到钱由她出，他情绪抗拒。

于是，他说了这样两点意思：第一，不是钱的问题；第二，算你有钱，你那几个钱还不是扭腰扭屁股打坐来的。

她气得脸色发白，呸，把瑜伽说成扭腰扭屁股。

她瞪着他，追问，转不转学？

他决然说，不转，不要你操心，伊伊是判给我的，你管得着吗？难道我哪天结婚了，你还要管进我家去？

她说，你这人理不理性？

他仰脸道，你觉得我不行就不行呗，牛牛你自己又管得怎么样？！还让我去幼儿园代你挨骂。

她气得发抖，又哑口无言，转身就走。

她走出几步之后，毕竟是当妈的，对女儿伊伊放心不下，所

以不死心，又回过头来，对李良生语气放软，说，李良生，不转学的话，你得给她去补课，报班补课，语数英，好不好？

6

心香瑜伽馆位于远洋大厦一楼,由于人气趋旺,120平方米的场地有点不够用了。

所以这个上午杨兰去城东看一个出租的门面。

她想在城东扩张,开一家分馆。她一直看好世贸中心那一带,因为那儿地处商圈核心区块,人流量大,附近上班的白领多。

杨兰今天看的这个场地就在世贸中心二楼,位置理想,可惜面积小了点,不到100平方米,但如果装修别致的话,可以走精品瑜伽小课的路子,所以杨兰还是决定拿下它。磨了半天,终于将月租从15000元砍到了11000元。

随后,她请风谷设计公司的郑工过来一趟,一起商量分馆的设计风格。

她对郑工说,我想要的是那种带点印度风情的调调,这与世贸中心群楼整体的硬朗质感会形成反差,能让每个进来的人情绪放松下来。

设计师走后,她又给营销人员开了个会。最近"心香"在紫兰小区、朝凤小区、晶丽大厦、双马大厦发放的单页宣传效果不大,所以她关照他们:要策划有互动性的地推活动,还要加强互联网营销,特别是要利用朋友圈,进行口碑传播。

随后,静韵律瑜伽馆的一位瑜伽老师悄悄登门来访,他是本城明星级教练,自带一众粉丝。杨兰约他来聊聊,是想挖他加盟"心香",当然,她给他提供了有吸引力的分成方案。

明星教练提到了一个好玩的概念"空中瑜伽",他走后,杨兰就在网上搜索空中瑜伽的相关信息,由此有了点灵感:可以设计一节趣味瑜伽课程,吸引附近的高校女生。

到傍晚的时候,她又给内勤人员安排了新的排班表,以确保在每堂课之间的15分钟之内完成拖地、收毛巾、清理浴室等保洁工作。

……

这一天,与许多日子一样,杨兰像一只陀螺,旋转在瑜伽馆里,言语利落,行动干练,脸上还带着阳光和富有活力的笑意。

这个时段里的她,与两年前的她几乎判若两人。她以前剧团里的那些同事如今都惊讶于她的变化,她们说,啊?杨兰你哪天发现自己还有管理才能的?

杨兰总笑眯眯的,仿佛在说什么无关紧要的闲话。是被逼出来的,满脑子都是这些事的时候,你自然会了。

是被逼出来的。她付出了多少心思和力气,只有她自己知道。

她还知道的是,自己的笑意和利落劲儿也是被逼出来的。进了瑜伽馆,一切就都得放下,因为每个来练瑜伽的人都想获得平静快乐的心情,所以开瑜伽馆的人自己得先屏蔽自己的心事,以最阳光的一面,面对客户和员工。情绪是相互传染的。

也只有到晚上九点半离开瑜伽馆时,她才收起这一天笑着的脸,面对自己生活中另一半的琐事。

有时候太累了,对于这另一半,脑子和情绪都已没空间了,所以也只能让它呼地过去,也屏蔽算了。

但这个晚上,从瑜伽馆回到"望江一号"的家,她得面对。

因为有一桩事情得办。

杨兰到家的时候已经10点钟,牛牛早已睡了,老公老尚这些天在云南谈一笔生意所以没在家,客厅里坐着保姆玉芬,她在等她下班回来。

每晚玉芬都这样坐等杨兰回来后,为她烧点夜宵,然后才去休息。

今天,玉芬在杨兰进门前一直在看手机,与远在安徽读初中的儿子石峰微信对话,交流的不外乎是做作业、考试的情况。

见杨兰回来了,玉芬一边迎过来,一边笑道,我在跟儿子说

话呢，他不太用功，都快中考了，也不上心。

玉芬还告诉杨兰，牛牛已经睡了，今天他蛮乖的，拿着一把小枪，躲在沙发后面玩了一晚上打游击。

哦。杨兰笑了一下，说，今晚不吃夜宵了，玉芬，有点事我跟你谈一下。

玉芬注意到了杨兰语气里的凝重，这让她有些诧异。

果然，接下来，杨兰跟她说的是关于辞退她的事。

杨兰说，玉芬，不是你带得不好，你带我们牛牛已经5年了，很费心的，现在牛牛大了，过了明年要上小学了，我们得给他请一个家庭教师了……

玉芬看着杨兰发怔，一时没反应过来。

但很快，她就明白了，她心里突然一片空落。她跟这个东家已6年，就这么要走了？6年了哪。6年前她从老家安徽出来打工，在越剧团做清洁工，是杨兰把她带回家来做保姆的。这一做就做了5年，抱着牛牛看他一天天长大，也看着杨兰从拖着一个小孩的离婚女人一步步走到了今天，真心觉得她要强，不容易。6年了，就这么突然被辞了？要走人了？

这让玉芬突兀，不适，不知所向，尤其，想着二楼儿童房里那个正睡着的小孩，她竟然有伤感的情绪。虽然他平时那么吵，那么皮，而此刻，竟让她那么不舍得。

杨兰看到玉芬的心里去了，她放缓声音，说，玉芬，小孩大了，他的需求不一样了，你跟我们5年了，你走了，我们说不定也不习惯。但有什么办法呢，小孩这个阶段需要得到适合他的教

育了。

玉芬呢喃,那是,那是。

杨兰看她失落的样子,想了想说,今年还差4个月,但我还是以一年的工资发给你,好不好?

玉芬道谢。

天下没有不散的宴席,抱大的小孩也有大到不需要她的一天,更何况又不是小孩的亲妈。道理玉芬是懂的,但她还是忍不住问了一句,不是因为我没做好吧?你不是怪我没管好牛牛吧?

她也知道陈瑶园长打来的那个"告状"电话。

她平时跟司机李虎一起去幼儿园接小孩,也时常领受老师对牛牛的"告状",纠结要不要告诉杨兰。

她也一直在担心杨兰对自己的不满意。

现在,对玉芬这一问,杨兰笑了笑,说,这倒不是,我理解你的,牛牛是你抱大的,情感上总是顺着他,心比较软,这我懂的。

玉芬脸红了,支吾道,可能是有点。还有,我们做保姆的,也有自己的为难,如果总向家长告小孩状,也会担心家长责怪是我们没管好,怕多事,有些事就不说了……

杨兰看了一眼头顶上方水晶吊灯迷离的光芒,说,唉。

玉芬嘟囔道,你要对他好一点,他还小,你太忙,来不及对他好,他还小哪。

杨兰说,我会的。

玉芬问,那我什么时候走呢?

杨兰说，后天好了，后天是星期六，家庭教师已经请好了，后天下午她就到。

这个星期五的晚上，牛牛注意到了保姆玉芬没围绕在自己的身边，她躲在她自己的房间里。

牛牛走到保姆房门前，看见她在收拾东西，往一只大包里塞衣服，还把毛巾、牙刷放进去了。

他支棱着眼睛问，我们要去哪儿？

玉芬回过头来，见是牛牛，眨了眨眼睛，说，我要回家去了。

回家看石峰哥哥？牛牛问。他知道玉芬有个儿子在老家，过年的时候玉芬会回家看他。

玉芬笑了笑，走过来，抱了一下牛牛，说，是的，回家看小哥哥。

牛牛感觉出了点不对劲的味儿，那只大包鼓鼓的，像座小山，旁边还放着一只大拉杆箱子。

他就敏感地问，那你什么时候回来？

玉芬伸手抚着牛牛的脑袋，说，不回来了。

牛牛睁大眼睛，说，为什么不回来？

玉芬看着他小脸上的惊讶表情，说，牛牛大了呀。

牛牛瞅着她，问，那谁送我去幼儿园呢？

玉芬咬了一下嘴唇，说，有新阿姨会来送你的。

我不要新阿姨送。你为什么不回来？牛牛追着这个问题问。

玉芬心里伤感涌动。她对这朝夕相处的小孩笑起来,哄他说,我要回去管哥哥了呀。

为什么管哥哥不管我了?他比我大。

玉芬说,因为哥哥不乖。

牛牛说,我也不乖的。

玉芬蹲下来,又抱了一下他,说,你也知道自己不乖?

牛牛垂下眼睛,说,我知道你们都觉得我不乖。

玉芬亲了亲他的脸颊,说,我走了,以后牛牛要乖点,好不好?我知道你都懂的。

牛牛问,我妈妈让你回去吗?

这小孩一双滴溜转的亮眼睛,让玉芬避闪了一下。她说,牛牛,阿姨要回去管自己家的小哥哥了,因为小哥哥是阿姨自己的小孩,每个小孩都需要妈妈去管。小哥哥也想妈妈回去呀,阿姨也担心耽搁了自己家的小哥哥,因为他也要妈妈管。

牛牛不再吱声,站在门边看玉芬收拾东西。

星期六的早晨,天下着细雨。

玉芬把背包、箱子拉到了门庭里,等司机李虎把车从车库里开过来,送她去火车站。刚才她已经与杨兰告别过了。

站在门庭里,她拉上身后的大门,顺便看了一眼客厅左侧的楼梯,她知道小家伙还在上面睡觉,就不跟他告别了。

但想到牛牛一觉醒来发现她已走了,她还是有些难过。

她知道这小孩的脾气,屋里屋外别看他有时吵,但其实他的

小心思很细的,才这么点大,已很会察言观色了。他在他新爸老尚面前就乖巧得像只小猫,也怪可怜的,一出生,自己的爸爸就跟妈妈离婚了……

雨雾中,玉芬愁绪弥漫。她让自己这样想:也好,我家的石峰其实也一样可怜,妈妈都6年不在身边了,所以现在赶在他中考前回去,也是对的,否则顾着了人家的小孩,耽搁了自家的小孩,也会悔的。

李虎把车开过来了,玉芬将行李装上后备箱,坐上车,离开了"望江一号"。

这个早晨,杨兰跟玉芬道别后,上了楼,原本想回卧室再睡一会儿,但她听见儿童房里有隐约的动静,她就走过去,轻轻推开门。

儿子牛牛正光脚站在地板上,凑在窗前向外看。

是的,他一直在看,看玉芬阿姨等车,装行李,上了车,然后走了。

他一直看,一直看,一声不吭。但他的魂似乎不在房间里,似乎已经跑到车子旁边去了。

杨兰感觉心里突然空洞了一块,又好像被什么扯了一下,无法言喻。但有种滋味很明显,是一种深深的妒意。

她后来对幼儿园的陈瑶园长说,他跟保姆亲,比跟我还亲,因为她每天跟他在一起的。

所以,在这个下着雨的星期六早晨,在妈妈杨兰的视线里,

窗前的这个小身影,这个一直在向外面看又什么都不说的自家小孩,她心里好似有什么被人偷走了。

杨兰想,是到该让玉芬走的时候了,她该走了。

7

这个下着雨的星期六上午，杨兰在犯酸，而李良生则在发急。

一大早，他穿着雨披，骑车去东风中路东风大厦的优学海培训机构打探行情。

虽说他与前妻说话时嘴很硬，但回家后，瞅着女儿伊伊做作业的迟缓动静，心里还是忐忑，于是跟周围人打听，结果发现：凡被问到的人，其子女没有不在补课的，都在补，语数外。

他们看他一个单身爸爸带着一个女儿确实不懂这一行，就向他建议：双休日你可以先去优学海、学而思等机构看看。

于是，他冒雨而来。

结果一进门，就被优学海前台小哥当头泼了一盆

"鸡血"。

前台小哥说,几年级?啊,都四年级了,你才醒啊?

他问,那我们现在来,有什么不可以吗?

小哥噼里啪啦翻着数学排课表给他看,说,不是不可以,而是数学提高班没名额了,坐满了,学优班也满了,坐不下了,竞赛班还有一个名额,你要不要?

李良生想着伊伊做作业擦擦写写的样子,直觉这数学"竞赛班"跟她有一定的距离,就说,我们不参加竞赛。

没想到这一句也是说错的,因为那小哥瞟了他一眼,反问道,不参加竞赛那还来学什么?在这里学数学、学奥数,就是为了参加竞赛,否则怎么进民办初中?有了竞赛成绩,才有用。你这还不懂?

在他这带着藐视感的话风面前,李良生都有点不敢说话了,只问:提高班真没名额了?

小哥说,数学现在没了,要不下期再来问问看,对了,英语四年级班还有两个名额,你要不要报?

李良生看了一下价格,比他预估的要高得多,12000元。

小哥解释道,这是一年4个学期,上学期、下学期、暑假学期、寒假学期,每学期3000元,不贵的。

李良生又瞟了一眼刚才的数学提高班,每年学费是16000元。

他倒吸了一口气,心想,难怪都说如今大人的钱都用到小孩身上去了,数学、英语两项加起来,一年就近3万了,还没算语

文哪，这么搞有必要吗？

他犹豫着要不要报这个英语，排在他后面的家长涌上前来询问前台小哥，将他挤到了外围。

要么再看看？

他往电梯口走，突然看见杨慧伦抱着个小孩从电梯里出来。

这是前妻杨兰的妹妹，原先是大学里的老师，后来辞职在家带小孩，做全职妈妈。

迎面相遇，不可能不打招呼。

李良生对杨慧伦说，嗨，你也来这儿啊。

他注意到杨慧伦手里抱着的小孩大概两岁左右，就知道这是二胎，因为她家的老大他以前见过，比牛牛大1岁，小名叫星星。

杨慧伦也有些吃惊在这里遇见了前姐夫，因为好久没看到了。她也招呼道，啊，李良生你也在这里啊？是伊伊在这儿上课？

他摇头，说，没哪，班都报不进。

她眼神里有同感，说，是的，优学海很热门的，有些课是要通宵排队报名的。

他随口问，你家星星在这里学？

哪想到，她拍了拍怀里的小宝宝，却说，星星今天在优学海没有课，今天他爸爸带他在少年宫学画画，我带这个二宝来这儿上课。

这么小就来了？李良生吃惊地看着她怀里的小宝宝，问，二宝叫啥？多大了？

杨慧伦告诉他，二宝叫嘟嘟，18个月。

18个月？李良生不禁叫了一声，说，这么点小就来了？

他注意到这胖呼呼的二宝嘟嘟额头上贴着一张退热贴。

杨慧伦笑了一下，说，上早教班，这优学海是一条龙的，从早教到高考，全年龄段的。李良生，他们这些搞培训的，超会赚钱的，你看我们嘟嘟一堂课将近200块钱，报了名，交了钱，所以发了烧也不能不来。

他问，他这么点大，学什么？

杨慧伦说，学爬，学同伴交往，学玩水。

李良生同情地看着嘟嘟额头上的退热贴，心想，连爬连玩水都要提前学了？话还不会说完整，就要交往了？这世界疯了吗？

他脑子里闪过刚才那小哥的鸡血和牛×劲儿，可见不是没由来。

他想笑，却又觉得周身有些燥热，女儿伊伊做作业的背影此刻不可能不掠过他的脑海。这楼里的空气有让人躁动不安的闷热。

杨慧伦抱着宝宝往早教的教室方向走。李良生在电梯口犹豫了一会儿，转身回去，找前台小哥，为伊伊报了英语四年级班的名。

李良生报完后，这个班就没名额了，因为在他之前有个家长刚刚报走了一个。

李良生离开优学海,从东风大厦出来,心想,一门英语就刷了12000块,卡里这两个月的奖金都花没了,这补课真叫贵,还有一门数学还没报进呢,那怎么办?

他骑着车,迎着细雨,往恋家中介公司的方向去。他心里不停念叨,星期六还是去加个班吧,得赚钱。

8

建工新村楼间的那些桂花都开放了，到晚上香气似乎比白天更为浓郁。

在这片芳香中，李良生骑着车下班回来。

此刻是晚上九点半，小区里万家灯火，林荫道上有些空静，花园里那些聊天的人们早就散了。

李良生骑着车顺着林荫道过来，透过桂树枝，他望了一眼自家的窗口，心想，伊伊还在写作业吗？

最近这些天李良生每晚都在加班，利用晚上时间陪客户去看房源。

晚上看房效率较高，如果顺的话，一晚可以带两拨人看四五套房，不过，最后成交效果则不容乐观，因为最近房价涨得猛，市区几乎买不到新房,这使得二手房水涨船高,许多房主对自己的报价绝不松口,购房者哪怕看了又看、议了又议,最后往往还是无法下手。

对于李良生来说,陪客户这么走街串巷看了一晚,最后能否做成这单生意,还不一定。

如果做不成,他的分成就没有了,但如果不热情地陪他们去看,不起劲地煽动他们下单的勇气,那成交的希望就更没影儿了。

此刻骑在车上的李良生,面容带着一些倦意和茫然。到了自家单元门口,他推车往车棚方向走。突然有一个人从单元门前的桂树下闪出来,向他走来,大叫一声:李良生,你现在才回来?

他定睛一看,皱眉,怎么又来了?

确实是又来了。

杨兰穿着一件薄风衣,高挑的个子映着路灯光,显得仪态端庄。但她的语调可没沉住气,她说,我等你好久了,你现在才回来?

李良生有点不耐烦,说,我在加班呀。

她说,加班?

他仰了一下脸,揶揄似的说,我在赚钱呀。

她笑了一下,说,哦?

他看出她脸上的不屑,也有了敌意,你来干吗?又来挑我的不是了?想让伊伊转学这念头还不死心?

他脸上浮起讥意,对她说,我是在赚钱呀,补习班给伊伊报

了名，这不要钱吗？

然而，从她盯着自己的样子里，他看到了还不知足的意味。果然，她问，报了几门？

他说，先报了一门英语。

她说，数学也得报呀，数学对小女生来说是难点，我小时候数学就不好，估计伊伊也没多少数学细胞。

他内心的敌意在增强，你知道没名额了吗？你知道报个名有多难吗？你知道要多少钱吗？

他知道她现在比他有钱，知道她在心里鄙视他呢。

所以他嘴硬道，数学嘛，小学四年级的水平，我在家自己辅导。

呵。她古怪地笑了一声，说，你辅导？你有本事做现在小学四年级的数学题？据说如今连大学生爸妈都做不了。

好像看到了他心里的不服气，她放缓口气，笑道，呵，你自己辅导也好，但你晚上这么在外面忙又怎么辅导啊？

他瞅着路灯下她表情闪烁的脸色，觉得她真难搞，左右不是，不是已经离婚了吗？

他就反问道，我不在外面忙怎么赚钱啊？我不赚钱怎么给伊伊报班啊？你知道现在培训机构怎么在赚钱吗？一门课要上万块钱。你没看见我在为伊伊忙着吗？我在尽力了。

他终于说出来了。

但她没买账的意思。她指示他，李良生，你现在晚上重要的不是出去赚钱，而是在家管着伊伊学习。

她说,伊伊做作业,你得管着,你妈你爸又不懂她的那点作业,所以你自己得管着。你去问问别人家看,哪个家长晚上不盯着小孩做作业、刷题?

他回击道,你自己晚上有管着牛牛吗?你自己晚上不也在外面忙生意赚钱?

她愣了一下,随即又扬了扬眉,说,牛牛还没上学呢,到时我当然会盯,我最近就给他请了个家教,天天在家里教他学前课程。

他冷笑道,呵,家教?得得得,就算我没你有本事好不好?

她知道不能再这样吵下去了,就用玩笑的语气说,李良生,就算我聘请你这个家教好不好?你说你自己辅导伊伊数学,我看也行,你晚上别在外面跑了,这么吧,你晚上在家待着,陪伊伊做作业,你这要出去赚的钱由我来出,堤内损失堤外补。

杨兰说着就从随身的包里掏出了一个厚信封,递向李良生。

4万块。她说。

其实,今晚她就是为了这个而来的。

李良生一时没反应过来。

她故意轻描淡写道,呵,就譬如我每晚付你400块钱,请你这学期辅导伊伊做作业。

这话,哪怕她尽量想说得像句玩笑话,但它听上去还是那么生硬。

所以,在李良生听来,这很不好玩。他感觉心里好像被什么东西硌了一下。

他很烦躁，一把推开信封，说，啥意思，算我没钱？算你雇我管女儿做作业？算你现在不是我老婆了但你要买我的服务了？你什么意思啊，伊伊是我的女儿，是我的，是我在养，我不需要别人出钱。可笑！

杨兰赶紧赔个笑脸道，哎，算我说得不妥，意思你其实懂的呀，这钱就是用在伊伊的学习上，尽快给她报班，还有数学和语文两门要报呢。

他断然说，不用你的钱。

哎哟，她说，别那么敏感好不好？我们要讲效率。

他讥讽道，你现在真会做生意了，真会讲效率了。

她没来得及哑巴出他的讥讽，真开始说"效率"了。她说，伊伊已经四年级了，错过这个阶段，以后追起来会更累……

这话在他听来却是：等你加班赚到了报补习班的钱，再给女儿去报名就晚了。

他脸庞有些发热，说，我会给伊伊报的。

她皱起了眉，目光犯愁。她说，这我知道，李良生，我只是想让你晚上有时间多陪她做做作业，也想让你现在尽快给她去报数学、语文补习班，这想法总没错吧？

他没吱声。因为有人路过他俩身边，朝他俩看了一眼。

杨兰轻声但锐利地说，咱虽然离了，但伊伊牛牛还是亲姐弟，我不想若干年以后他们处在不同的台阶上、不同的级层里。

她今天来这儿每一句话好似都在刺他。他听见心里叹了一口气，算你狠，现在比我混得好，你好你就全都对，是不是啊？

杨兰可不知道他在想什么，一张脸在黯淡的路灯下好像有些怕冷的样子，这么看过去，她突然发现他这两年老了不少。

她也叹了一口气，语气放缓放轻，李良生，就算你向我借用的好了，呵，其实你还我，我也是要用在伊伊和牛牛的身上。哎，就算是我们俩合起来的教育基金好了。

他想了想，就伸手将她手里的那个信封拿了过来，说，以后还。

她又加了一句：以后晚上你就别出去忙别的了。

她这句话是否又回到了前面的逻辑？他还来不及琢磨，她又递过一个小巧的白色硬质纸盒。

是啥？他问。

她说，我下星期要去广州看看那里的瑜伽馆，伊伊下星期二生日，我没法给她过了，这个礼物，到时你给她。

他接过盒子，看了一眼，iPhone X。

他皱眉说，你给她玩手机？

她注意到他脸上诧异、鄙夷的表情。

她解释说，智能手机，她这样的小孩也不能一点不懂，不是说如今的小孩是互联网的原住民吗？如果别人家的孩子知道 iPhone 有啥功能，那伊伊也得有点概念。

他看了看手里精致的小盒，真高级，他心里很不平衡，真他妈的牛，老子用的还是华为，你给小女孩 iPhone X，算你土豪，让她觉得我这老爸没用，比不过你。

杨兰见今晚的事办完了，就准备回去了。在离开之前，她又

65

关照李良生：数学补习班最好这两天就去报名。

李良生已经很不耐烦了，好了好了，知道了，这两天可没这么急，优学海数学提高班名额满了，报不进了。

她一怔，说，那我去托托人看，哦，除了优学海，还有学而思呢。

她说完，就利落地走向小区林荫道转角处。那里停着她的白色保时捷卡宴。

李良生上楼，进了家门，看见伊伊还趴在桌上写作业。

李良生走过去，小女孩没跟他讲话，她正在默写一首古诗："故人西辞黄鹤楼，烟花三月下扬州……"

伊伊不知道妈妈刚才在楼下，更不知道爸爸此刻心里翻江倒海的情绪。

李良生在她身后看了一会儿，感觉她不喜欢自己站在这里看，于是嘀咕了一句"抓紧写哦"，就往外面客厅走。

这个晚上，等伊伊做好作业，已经10点钟了，他和老妈韦红霞赶紧安顿她睡下。

这个晚上，他没把iPhone X拿出来给伊伊看。

这个晚上，等家人都睡了，李良生久久无法入睡。

除了前妻来过，除了她那一堆逻辑混乱但焦虑感清晰的言语，和她留下的那4万块钱之外，他还纠结下周二自己到底给伊伊送一件什么礼物好。

他躺在床上，想着那只被他放到了书架顶上的iPhone X，黑

暗中他对自己嘀咕：不能被她比下去，得比她的礼物更有意思。

文具、玩具、衣服、围巾……

他想了好久也想不好。

他从床上起来，走到书架边，伸手拿下那只小盒子，打开来。凑着窗外的灯光，他看见它泛着幽幽的金色，很高级的样子。

确实高级。他伤心地瞅着它。

后来他想，要不送她一辆自行车和一个头盔吧，以后星期天教她学骑车，然后天气好的日子带她一起沿江堤骑行。

这样的想象，在黑暗中很有画面感，让他振奋起来。

他想，等牛牛大一点了，也送他一辆，两个小孩一人一辆，我带他们一起骑出去玩。

他想象阳光天气，天空湛蓝，自己骑在前面，两个小孩像两只小鸭子欢乐地跟在后面。

一星期后，伊伊生日那天，当她放学回家从老爸手里接过iPhone X时，她几乎不敢相信自己的眼睛。

她问，真是给我的？

李良生说，嗯。

她问，是妈妈给的？

李良生说，嗯。

她脸上是欢天喜地的表情，哗地一脸灿烂。

李良生立马对她眨眨眼睛，故作神秘地笑道，伊伊，还有一

个惊喜呢。

伊伊眼睛闪亮,问,什么?

她知道爸爸也有一个礼物。是什么呢?

李良生伸手指了指阳台的方向,说,喏,在阳台上。

伊伊捧着iPhone,好奇地往阳台走过去。

呵,她看见了,是一辆小巧的可折叠式自行车,红色,车把上还挂着一只银色头盔。

她笑了,说,哦,是自行车。

李良生也在笑,问她,伊伊,喜欢吗?

伊伊点头,说,嗯。

但显然,在这一天随后的时间里,iPhone对伊伊引力更大。

她捧着它看个不停,她还学会了发微信,然后就立刻给人在广州的妈妈发了几条,随后就"嘟嘟"地互动了。

这天晚上临睡前,李良生听见伊伊在房间里跟奶奶说话:奶奶,为什么是自行车呢?楼下不是已经有很多共享单车了吗?

9

保姆玉芬离开杨兰家的那天下午,接任者何安娜就到了。

她一进门,小男孩牛牛就给了她一击——趁妈妈杨兰正从楼上下来的空当,他将一只棉拖鞋贴到了她的腿上,说,我们打游击吧。

当然,在随后的两天里何安娜也给了这小男孩一个下马威,她向他宣布了自己的施教计划:

"你得在这个星期跟我学10位以内的加减法,在下两个星期里我们学拼音,在再下一个星期里我们开始学围棋。为什么需要学围棋?因为需要你有专注力,坐着不动。注意,我在跟你讲话的时候,你也别动……"

由这个"别动",她顺带联想,对他进行教育:李子牛,

男孩要学本领，学本领就得专注，学会本领你才能承担责任，你才能承担起这个家，才能承担你自己，因为爸爸妈妈有年老的一天……

牛牛滴溜转着眼珠子，闭着小嘴，瞅着这新来的保姆在对自己讲道理。

她喜欢跟他讲道理。

她要让这小男孩懂道理，所以讲道理的时候，她慢条斯理，显得很有耐心。

她确实不同于一般的保姆，30多岁，清瘦，短发，小黑框酷眼镜，深灰西装裙，讲话舒缓、文气，但有力。

她的学历更不同凡响，毕业于华东师大，教育学硕士。

她这保姆工作是定位高端市场的，相当于家庭教师，因此她的月薪是前任玉芬的两倍。

牛牛在观察这新来的保姆。

他注意到她笑着的时候又好像没在笑，蛮厉害的样子。

笑面虎吗？

其实保姆何安娜自己也在不安。她刚进这一家门，以她带孩子的经验，她知道：你对小孩越客气，他会越皮，最后要骑到你头上来的，不严格点，你就搞不定他。

所以，她紧绷着自己，要让他服了自己。

那么，牛牛有了新保姆的管教，他在幼儿园里的表现是不是有变化呢？

好像有，只不过这变化可能让状况更加复杂暧昧。以牛牛的带班老师张小唯和陈瑶园长的角度看过去，比如最近两天，她们注意到了这样一些细节：

比如，昨天上午在分点心的时候，牛牛不经意间向老师和小朋友们露了一手，他会算十位以内的加减算术。几个苹果加几个梨子再减几个香蕉，共有多少？一筐混合水果怎么分才能6个小组总数一样，但品种不一样？牛牛在给张小唯老师当小助手的时候，显示出了他会算，而且算得很快，这让小唯老师有点傻眼了。

另一件事是，昨天上午搭积木之后，有些小朋友没把积木放回大木桶，小唯老师因为牛牛帮她分水果分得好，就再请他跟另外两个小朋友一起帮着收拾留在地板上的积木。没想到，收拾完后，牛牛突然从桶里拿出一块，扔回地板上，对小唯老师说，这是朵朵扔的，她自己收。小唯老师笑道，我们为集体做事，不要太计较。牛牛说，不，朵朵得承担她的责任，她玩积木从来不收的。

还有一个细节——昨天下午音乐裘老师上完唱歌课后，点了康康、月儿等几个小孩的名，说他们有"音乐的耳朵"，听两遍就会唱了。牛牛突然失声尖叫起来，认定老师批评自己了，因为老师没点他的名。裘老师有些莫名其妙，感觉他认知有问题。她一边哄他，一边想，这小孩以前可没这样在乎老师表扬的。

打架的事继续发生。今天上午，不知为什么，牛牛先推了大雄一把，把大雄的水杯给碰到了地板上，大雄是班里长得最

高的小孩，他才不怕牛牛呢，结果两个小孩就扭打起来。等小唯老师赶过去把他们拉开时，大雄手臂上已被牛牛咬了一口，留有牙印。

鉴于牛牛屡教不改的"暴力倾向"，小唯老师当众批评了他，没想到他也就垂头丧气了一会儿，等到"欢乐英语秀"时间，他又调皮地从队伍里溜走了。路过长廊的陈瑶园长看见牛牛一个人在长廊里玩，表情有点木乎乎的，她就问，哎，你怎么不去参加"欢乐英语秀"啊？牛牛说，我在抓蜻蜓，他们不想跟我玩，我知道。陈瑶园长说，那你也没想跟他们玩啊，是你躲在这儿呀，快点过去。

到了下午自由游戏时间，班里还真的没小朋友愿意跟上午打架的牛牛结对玩了（在混合四班，最近有越来越多的小朋友不跟他好了），于是牛牛自己玩了一会儿，突然发疯似的把排在墙边的一排小椅子一张张掀翻，趁小唯老师向他奔过去之前，他像一只小兔子似的跑出了教室。

他跑到哪儿去了呢？跑到陈瑶园长办公室。他每天都来看园长妈妈的。他笑嘻嘻从门外溜进来的样子，很灵精，让这一刻还不知道他刚大闹教室的陈瑶园长看着挺喜欢的。陈瑶园长从桌上拎起一颗糖给他吃。而他像每天逛进来时一样，对园长妈妈问长问短，还知道夸园长妈妈衣服好看。哪里好看？上面的花呀。陈瑶园长忍不住摸摸他的小脑袋，说，牛牛，如果你每天都像现在这样乖这样可爱，园长妈妈就很喜欢你。牛牛就支棱着眼睛问，那我给你做儿子好不好？陈瑶园长笑起来。牛牛在园长妈妈这儿

黏糊了一会儿之后，又跑掉了。他刚走，有小朋友来报：园长妈妈，牛牛把椅子全都推倒了。

陈瑶园长很吃惊，心想，这真是个橡皮双面小孩，刚才在这儿一点声色都没露。陈瑶起身就往混合四班走，走进四班教室的时候，她看见小椅子都已被扶起来了，整齐地靠在墙边。她在小朋友中没看见牛牛，就问，小唯老师呢？椅子没有倒啊？小朋友七嘴八舌地告诉园长妈妈，小唯老师去草坪上找牛牛了，椅子是宝儿扶起来的。宝儿？陈瑶在小朋友中看见了这女孩，梳着两条小辫子，有点小龅牙，眼睛细细的。小朋友们的声音在陈瑶园长耳畔喧哗，他们在说，就剩下宝儿对牛牛好了。宝儿在说，你们也别老说他了，他其实很可怜的，他爸爸带着姐姐都走了，不要他了，他只有妈妈了，他自己说的。陈瑶园长一怔，刹那间明白了，原来那天来的那个爸爸，与现在他家的那个老出差的爸爸不是同一个人哪。她瞅着面前这群小孩，摇摇头，这年头，这也见多不怪了，婚姻变故随处都是，咱这幼儿园里单亲家庭的宝宝就有不少，牛牛这还不算是单亲小孩呢。

牛牛很快被张小唯老师从草坪上找回来了。陈瑶园长还没来得及对他开口说话，他倒先对园长妈妈说了：园长妈妈，今天我帮老师分水果、教星星学算术，今天我也打人了、推翻椅子了，好的坏的一半对一半，扯平好不好？不要批评我好不好？陈瑶一时愣住了，心想，这是啥逻辑？扯平，一半对一半？这不是小孩的思维。陈瑶园长有些疑惑，他家保姆、司机难道是换了？

这一天傍晚，陈瑶园长站在教室前的走廊上，透过幼儿园大门栅栏，看着牛牛一边将小书包抛给了司机李虎，一边接过新保姆何安娜递过来的酸奶杯，一边爬进车去的小背影，她心有叹息。

她对身旁的张小唯老师说，别看宝儿还是个小女孩，还是她说得对，他其实蛮可怜的。

小唯点头，说，他妈妈自己太忙了。

陈瑶园长怅然道，他妈妈可以给他换保姆，但没法给他爱。

10

陈瑶园长对牛牛妈心有怅然,杨兰也在怅然。

这些天,生活另一翼的触角在侵扰她的情绪,让她心乱。这侵扰来自妈妈华蓉,而最初的动因则来自妹妹杨慧伦。

事情起于一个雾霾浓重的下午,杨慧伦去跨虹桥幼儿园接自家6岁的大宝常繁星。当星星从教室里出来的时候,杨慧伦注意到了他今天的异样——情绪不高,小脸有些苍白。

杨慧伦定睛一看,天哪,星星下巴左侧有一道血痕,细细长长的。

怎么了?怎么伤了?杨慧伦蹲下身来,急问,星星,是小朋友打的吗?

李霞老师也跟着出来了。

她一迭声地对杨慧伦道歉，对不起，星星妈妈，是我不小心，今天午睡的时候，星星不肯睡觉，跳来跳去，我去拉他的时候，指甲不小心划到他了。

这么深，还出血了。杨慧伦心疼地搂住星星，抬头问李霞，怎么回事？

李霞神情有点紧张，她知道这个星星妈很厉害，她就赶紧解释事情的经过。当然，是从她的角度。

这事听起来是这样的：午睡的时候，星星不肯睡，跟旁边小朋友说话，李霞老师叫他别说了，别影响其他小朋友休息。星星没听，还唱起了歌，李霞老师就走过去把他拖到门外，让他到外面去唱，在这个争执过程中，李霞的手指甲划到了星星的脸。

李霞看着杨慧伦发青的脸色，道歉说，星星妈妈，对不起，当时我看星星没个停，我心也急了，觉得话说上去他怎么都不听的，就跟他急了，对不起。

拉他？划到？杨慧伦心疼地盯着儿子的小脸，她不信这老师的描述。

她最近密切关注"上海携程亲子园虐童事件"这样的新闻，哪会信面前这老师的话？

她接二连三追问李老师：他还是个小孩，你就不能好好哄吗？小孩不想午睡，就不睡好了，为什么要强制午睡？你懂不懂这个年龄段的儿童心理学？

李霞惶恐地说，对不起，是我方式方法不对，心急了，没控制住情绪。星星妈，下午的时候我已经当着全班小朋友的面，给

星星道歉了,说是老师不对,老师错了。

杨慧伦没理她的道歉,继续发问:你为什么要这么野蛮?你可以好好跟他讲,为什么要强制他出去唱,啥意思啊?他还是小孩,你这是羞辱他吗?!什么意思啊?

李霞脸红耳赤,辩解道,我是一时急了,对不起。

杨慧伦对李霞老师的道歉充耳不闻,只顾顺着自己的思路质问:你把他拉到外面去唱,哪怕是唱歌,你的手怎么会划到他的脸上去?是不是你捏着他的嘴要他唱?!

杨慧伦在说这话的同时,自行脑补当时场景:李霞把星星拉到了门外,要他唱,小孩这时哪会唱呀,于是她用手捏他的嘴,说"你唱呀,你怎么不唱了"。小孩挣脱中,她的手指划到了他的脸……

这样的想象,让杨慧伦浑身发颤,脸色发青,她感觉自己面对的处境正在让她飞快地沦为上海、北京等地幼儿园"虐童"事件中的家长,她的悲伤、愤然与新闻里的他们合一。

她俯下身去问儿子星星,是不是老师把你拉到了门外要你唱歌?

星星轻声说,嗯。

她继续问,是不是老师用手捏着你的下巴要你唱?

星星怔怔地看着妈妈,在想当时那个瞬间有没这事。

见她这样引导孩子,李霞申辩道,星星妈,我哪会是有意的呀!

这申辩,在杨慧伦听来毫无理由。

她伸出颤抖的手，摸了摸星星脸上那道伤痕，对李霞说，你不会控制情绪，那你还带什么小孩?!小孩没听你的话，你就动蛮力？你有没有专业水平？你这跟新闻里的"虐童"有什么区别？

她汹涌的火气向李霞席卷而来。李霞连连后退、诚惶诚恐，她承认自己最近因为受一些家事影响，有点控制不了情绪，身体也不太好。

李霞最近确实情绪不佳，因婆媳不合引发的一系列家庭问题，使得老公眼下在跟她闹离婚，原本离就离，但儿子要"小升初"了，自己一个月工资才4000块不到，这么点工资，离了怎么办？在幼儿园每天干得也是累死累活的，一个班20多个满地乱跑的小朋友，他们不听话的时候，大呼小叫的时候，能让人瞬间耳鸣，顾此失彼。她心里的烦乱常会控制不住地涌出来，对不听话的小孩，她恼火时，教管有简单粗暴之举。

简单粗暴，就会引发问题。现在李霞就得面对杨慧伦的质问。

李霞连连道歉，她知道自己理亏，还知道这个家长可不是一般的家长，原大学老师，博士，如今在家当全职妈妈，全部心思都在育儿上。平时这个妈就爱来幼儿园交涉细节，讲起幼教理论是一套套的，连园长都讲不过她，如今出了这事，她当然不会轻易让它过去。

杨慧伦伸出手指，指着李霞说，谁没自己的心事？谁没自己的压力？又有谁可以把它带到工作里来？并且还是对孩子的

工作!

李霞眼圈都红了,但也无法辩解。

杨慧伦继续斥责,如果你嫌干这活钱少,你可以去问领导要,关小孩什么事?如果你觉得干这活心情不妥,那就别在这儿做了。既然在做了,你有职业精神吗?你知道小孩是我们每家的心肝宝贝吗?你什么素质啊?你对小孩这么凶干吗?我告你,你这是虐童!你知道你给小孩留下了什么阴影?我要你赔。

"啪",杨慧伦控制不住愤怒,一伸手,就给李霞老师一个响亮的耳光。

这耳光把那些正朝这边张望的小朋友、老师和来接孩子的家长们,都惊得目瞪口呆。

这耳光引出来的严重后果,是星星从第二天起就再也不肯去幼儿园了。

他像一只情绪低落、胆小怕事的小猫,说,我不去。

这让杨慧伦原本准备继续跟幼儿园论理的心思都变得无足轻重了。星星的情绪问题,让她不敢贸然行事。

星星一连几天都不肯走出家门,他对妈妈说,我在幼儿园的形象被你这一个耳光毁了。

如今幼儿园的大班小孩已经能说出这样的话了。

星星心事重重的样子,让杨慧伦急火攻心。

他对妈妈的抱怨、怨恨,更让她受不了。

他嘟囔着,我不去,你怎么可以打李老师?小朋友要说

我的。

杨慧伦怎么哄他都没用。到第四天下午，杨慧伦跑去了跨虹桥幼儿园找袁娅园长。

她对袁园长说，我承认我那天行为、情绪有失控的地方，我也承认我是全职妈妈，小孩是我的一切，我眼睛里只有小孩，比较自我。对于这事，我原本是不想认账的，因为她的行为实在让人受不了，但现在，谁是谁非，我不想纠缠计较了。因为星星心里有阴影了，他不肯来上幼儿园了，他怕老师和小朋友议论他，我不知道怎么办了……

袁娅年近五旬，一张凝重的脸，她心事重重地看着杨慧伦。最近各地连发的幼儿园"虐童"事件，在网上引起轩然大波，给她这样的园长留下了心理暗示和余悸，所以她希望星星妈这事尽快过去，免得"划痕与耳光"事件被人搞到网上去。

她对杨慧伦说：李霞老师有错在先，家长行为失当在后，幼儿园也有管理责任，在三方相互道歉的基础上，幼儿园配合家长一起安抚星星，让小孩忘记此事，重新来幼儿园。

但是，这个安抚工作对小孩没用，甚至李霞老师上门去哄也没用。星星还是不肯去幼儿园。

杨慧伦又跑去跨虹桥幼儿园，请求袁娅园长给星星换一个班。她说，换一个班可以让小孩换一个心情，他可能就会来幼儿园了。

袁园长感觉为难，因为没有先例。

再说，冲这星星妈"能说会武"的厉害样子，哪个班的老师

都怕她的孩子转过去，这换班的工作可不好做。

但最近各地连发幼儿园负面新闻，现在谁都盯着幼儿园，作为园长，袁娅真心想息事宁人，让这事尽快过去，免得给人炒到网上去。她看着杨慧伦焦虑的神情，于是点头答应换班。

但，星星还是不答应去幼儿园。

阴影。杨慧伦好像看到了那一片阴影落在他小小的心里，散不去。她纠结无比。

杨慧伦老公常益峰，在科技厅做厅长助理，处理公事杂务他是好手，但对于解决这母子俩的情绪问题，他也一时无招。他建议老婆白天带星星出去逛逛，在城里四处看看，散散心。

接下来的几天，杨慧伦把二宝嘟嘟留给保姆，自己就带着星星出门，在街边、江畔、公园、商店里闲逛。有一天上午，母子俩坐着公交车路过了城南外滩，看见那座像城堡的安贝利国际双语学校时，杨慧伦告诉星星，小表弟牛牛的幼儿园就在里面，漂亮吗？

星星点头，说，漂亮。

杨慧伦随口问，如果是这么漂亮的幼儿园，你想去吗？

星星先是没吱声，后来点了点头。

其实，杨慧伦说了这话后，心里突然有一缕隐约的伤心，因为这幼儿园可读不起，如果姐姐杨兰没后来的再嫁和如今的经商，她家的牛牛也读不起。

她转过头来，透过车窗又看了一眼"安贝利"的卡通建筑，那么萌的造型，没有小朋友会不喜欢的。

那里会是怎样的素质呢？总不会有像李霞这种素质的老师吧？

她心里对跨虹桥幼儿园充满鄙视，那是什么档次啊！

人还得有钱。她想，有钱，就有选择的机会，至少有逃的机会，尽量避开你还不行？

对于育儿费用，杨慧伦如今是真心感慨：有了大宝二宝两个小孩，日常吃、穿、玩费用，再加上优学海、少年宫几个兴趣班、早教班报下来，算是真切体会到了，即使像老公常益峰这样，在体制里还算混得好的，挣的钱也远不够花在小孩培养这件事上。

这么看，二宝嘟嘟其实是没条件生的。生之前无智无畏，生下了，照顾两个小孩又忙不过来，自己只能辞职做全职太太，结果将家庭收入拉低，将育儿投入摊薄了……

这么想着，她心里的伤心弥漫成了大雾。

她转过脸来，看了一眼身旁的星星，好像看到他与表弟牛牛已站在两个不同的台阶上了。

她还知道姐姐杨兰最近在托人，准备将女儿伊伊转到安贝利的小学部去。杨兰如今算是切换路径成功，重新做人了，呵，有钱了，就连没判给她的女儿，也是想换学校就换学校，想转学就转学……

杨慧伦突然有了另一个思路：对了，要不给星星换一家幼儿园，让常益峰找找关系，看能不能把星星转到另一家公办幼儿园去。

她俯身对星星说,星星,妈妈也给你去找一家漂亮的幼儿园好吗?

星星看了她一眼,微微点头。

她继续问,如果是新幼儿园,星星去吗?

星星点头。

接下来一周,杨慧伦常益峰夫妻四处托人,终于搞定了新安幼儿园,让星星转到了那儿。

新安幼儿园位于城南图书馆旁,离杨慧伦目前的家比较远,但离妈妈华蓉在胜利小区的家却很近,只隔了一条马路。

所以,杨慧伦跟妈妈商量,说自己一家想住过来。

她这想法,华蓉没太意外。

华蓉知道,原本这小女儿一家明年秋天也是要住过来的。

这是因为她的这套老房子虽小但学区好(紧邻全城最好的公办小学胜利小学),星星明年上学想入读的就是胜利小学,所以慧伦早就跟她打过招呼,说想明年住回来。

华蓉是同意的,哪家小孩不想读好的学校,所以她有心理准备。只是现在提前了,这令她有些手忙脚乱。

因为,她还没跟大女儿杨兰谈妥自己的困难和想法。

这困难是:杨慧伦带着老公常益峰、两个小孩,还有一个保姆一起住回来,旧式的两室一小厅,一下子多了那么多人,也确实住不下,自己住哪儿?

她的设想是自己住到杨兰家去,把胜利小区的屋子让给杨慧

伦一家。

为了这一明年的计划，华蓉最近已在不时暗示杨兰了，说，好大的房子，我给你看家吧？

甚至，只要有机会，华蓉这阵子有事没事常黏糊到"望江一号"去，以便给杨兰心理准备。

她知道虽还没点穿，但就这大女儿的聪明劲儿，一定看得明白自己的心思。

她也有委屈，觉得自己把女儿养大了，还要这样子觍着脸让她答应给自己住，那么吃力的样子，我是妈呀，说出来真没面子。

但现在，不点穿不行了，得明说了。

啊？杨兰听完妈妈的话，一怔。

这是星期二的早晨，一大早，妈妈华蓉就坐地铁又转了两趟公交车来到了杨兰家。

来的时候，她手里还拎着一大包菜，说是自己在菜场看到有新鲜的板栗上市，今天的黄芽菜也很好，就买了，送来。

然后，她就跟准备出门去瑜伽馆的女儿说了自己的难处和想法。她说，你帮你妹妹一把，她这两天打了老师，没办法哪，给星星转了这么远的幼儿园，如果不住到我那儿，每天接送等于横穿城市两趟，她家二宝才18个月……那个小屋子你也知道，住不下这么多人，我就住你这边来，也算你这个女儿对妈妈知心了好不好？

杨兰站在客厅里,看着华蓉,心里似有蚂蚁在爬,也似有一小团烟气在冒着。

她明白,这个妈妈,一向是个不会说话的主,此刻依然。

但此刻语调中的低姿态,却是前所未有的,这倒更让杨兰不舒服了,因为生硬得有些不真实。

杨兰给她倒了一杯水,自己也喝了两口。

喝水之际,杨兰心里滚过的第一个念头是:她住这边来,我们可能会吵的,她那么强势、主观,说啥都习惯于提到高处的论调,凡事唯她正确的话语方式,如果每天在耳边响,我会忍不住跟她吵的,会崩溃的,受不了的。

从小到大,她心里埋藏着对这个妈的畏惧,别看她如今这么独立、干练。

她心里滚过的第二个念头带着强烈的不服和嫉妒情绪:为了妹妹,为了妹妹,啥事都为了妹妹!到这个年纪了,你怎么还这么偏心?你忘记了是不是,我离婚最难的时候你让我尽快离开你那个房子,哪怕下着雨也得离开。我难道不是你的女儿吗?按理说,即使我不情愿你住过来,你养我这么大,你要住过来,也是天经地义的,我不能不答应,但这又是为了妹妹的方便,那我算什么?我从小到现在,在你眼里都是次要的?凭什么她要什么,你就得给?凭什么你给她什么,却要让我连带承担?

这个早晨,杨兰心里的情绪由此强烈到盖过了事情本身,她钻进了一个牛尖角,像个委屈的小女孩。

她甚至听见了自己在童年时代的暗自哭泣:不公平,偏心,

我到底是不是亲生的,如果那么偏心,你为什么要生我在这里?

她像一个吃妹妹醋的女孩,竟退到世界的起点,去计较妈妈的爱。

心里曾经缺失的爱的饥渴,仍会有那么强大的执意。

这个早晨华蓉看见杨兰眼睛里有奇怪的泪水在夺眶而出,她想,怎么了?我这么一提,难道就这么为难了?哭啥呀?

杨兰捂了一下自己的眼泪。

她说,妈妈,你要住女儿的家天经地义,但这事对我有点为难,因为我跟尚君安结婚两年时间还不到,很多地方还在磨合。丑话我也不怕跟妈妈说,再婚的磨合不是容易的事,目前我跟他还有待进一步相互适应,磕磕碰碰的地方还有不少。你这么强势的性格,如果住在这里介入进来,我怕的,本来他应付牛牛一个人,也不是很有经验的。我这么说,意思你懂。再说,这"望江一号"本来就是他的婚前财产,现在虽然是我的家,但我得跟他商量这事后才能答应你。

华蓉无语,她知道女儿在找借口,但女儿的话里也有在理的东西,让她一时无法反驳。

所以,这一天,她离开"望江一号"的时候,心里是失望的。

女儿杨兰开车去上班,顺路将她送到了地铁站。

她下车往地铁站口走的时候,突然眼睛里也有泪水好像要涌出来。她想,好没面子。

突然听见女儿在后面喊她,她扭过头去,看见女儿从摇下

的车窗里递出来一大包红枣，说，妈妈，这包红枣你拿着，别人送的。

她心里犯倔，对女儿摇手，说，不要，你自己吃吧。

她转身走进了地铁站。

11

　　李良生发现,陪女儿做作业,其实是一个坑。

　　一个巨大的坑。

　　他后来生气地对前妻杨兰说,我总算搞懂了,为啥如今有家长陪小孩做作业抓狂到心梗住院,为啥有家长陪得脑出血,为啥小区晚上总听到有妈妈在狮吼"你真笨"……

　　李良生这一体会并不独特,如今朋友圈里"陪读血泪史"遍地都是,无数家长都在吐槽:糟心,到底是在跟小孩的那点作业作战呢,还是在跟小孩作战?还是双重作战?

　　李良生跟他们比,只是大同小异。

　　大同,是大人看着小孩写作业那磨蹭劲,心里一百点暴击;小孩看着大人那发作的脸色,心里一百种委屈,脑子更无法开窍。

小昇，则是在李良生和伊伊这单亲家庭，父女情绪对抗最后竟升级到了奇葩的地步。

升级是这样一步步来的：

先是女儿不要这老爸陪，因为这老爸以前从没陪过，现在他每晚这么直愣愣地坐在一旁，盯着她写字，让她不习惯。

她说，你可以去遛狗了。

他说，奶奶去遛了。

他指着她正在擦的字迹，说，别老是擦掉，想好再写，动作要利索。

她说，那你可以去加班？

他说，我不用加班了。

他知道女儿不耐烦。其实，换了他是她，有个人这么一直坐在边上管着他、督促着他，他会耐烦吗？但又有什么办法呢？透过窗户看出去，对面人家的家长不也在陪、在管小孩做作业吗？

他就故意笑了笑，对伊伊说，我这就是加班。

小女孩往纸上写算式，她微皱着的眉头透露着厌烦的情绪。

李良生知道自家的这个小女孩是有点倔的，于是赶紧拉一个借口过来当挡箭牌，说，你妈妈要我这么陪你的，这也是加班。

伊伊嘟囔了一句：不加班哪有钱给我报培训班呢？

前些天她听他说起过培训班学费很贵，所以现在用这理由抗拒他黏在自己身边。她好想把这老爸支开。

他干笑道，我现在也是加班，你妈妈出钱让我给你加班呢。

小女孩没觉得幽默,她说,我要妈妈陪。

如果可以选择,她确实想要妈妈陪,因为这老爸坐在一旁,总在埋怨她:"怎么又擦了?""动作要快。""想想清楚再写。""怎么这还需要数手指头?""类似题目昨天不是已经做过了吗,又忘了?""注意,这是什么关系,互为倒数。""要举一反三,小脑子要动起来。"……

他觉得她笨,她还觉得他笨呢。

果然,她把作业本往他这边一推,说,你自己做做看。

他拿起作业本,看题目,是一道有图有文的数学题:"如图所示,用灰、白两种正方形瓷砖拼成大的正方形,要求中间用白瓷砖,四周用灰瓷砖,如果所拼的图形用了400(20×20)块白瓷砖,那么灰瓷砖用了多少块?如果所拼的图形用了400块灰瓷砖,那么白瓷砖用了多少块?"

他没看懂,但瞥到了她讥笑的眼神。

小小房间里,别扭的、对立的气息在升腾。

他猜定这个女儿的任性都是表现在家里的,而在学校里她多半是一个内向的女孩,哪怕老师教过了,她没懂,也不敢去问的。

于是他就指出,伊伊,你不懂要问老师和同学,其他同学懂吗?

她扬了扬下巴,说,他们上很多培训班的。

意思是其他同学会做,是因为他们在外面培训过。

她说的也是实话。

他说，我已经给你报上了方舟的数学班和语文班了，下星期开始上。

她就咬了一下笔头，告诉爸爸，好些同学数学班是报三四个的。

她现在对上培训班连轴转的苦还没有充分的体会，还以为谁报得多，谁神气，因为有钱。

所以，此刻她的语气里有对老爸的暗示和回击：别怪我，人家都在外面学了那么多。

三四个？李良生果然大大地吃了一惊。

见老爸吃惊的样子，她有点高兴。谁让他一晚上都在怪她不行，说得她好像是只小猪，笨得一无前景，让她心烦，差点泪如雨下了。

你以为我做不出作业很开心？她对老爸"哼"了一声。

这"哼"对他是有杀伤力的。他心想，才这么点大就已经看不起我这个爸了。

他的情绪在焦躁了：难道都是补课补出来的吗？是人家上课用心，学得有效率吧。你是在怪我没你妈那么有钱？爸爸在尽力，你懂不懂事？

他把作业本推回她，说，这题不会先搁着，下一题接着做。

她低头继续写，写写停停，依然不会。

他的声音忍不住往高处走，说，还是不会？那接下去再做下一道。

她就做再下一道。

而他坐在一旁也写写算算，绞尽脑汁，想帮她解决上几题，甚至用上了二元一次方程，终于做出来了。

但伊伊瞟了一眼，说，错，不对的，老师讲的不是这样的。

于是李良生交代她：明天去问老师，不懂要问。

第二天中午，李良生去了一趟新华书店。

他想去买几本小学四年级数学教辅书，结果一进书店，就被吓了一跳，单"四年级数学"就排满了四大排书架，架上还放不下，地板上也堆了几大摊，各种品种，各种出版机构，令他眼花缭乱。

他盯着书架，感觉自己先前真是大意了。如果说前两年没给她报培训班是因为贵，那教辅书还是买得起的，早该让她刷题了。

他抱着一堆书回家，一进门，那头金毛就亲热地过来围着他打转。

韦红霞见儿子这么早回来，问，下午不上班？

李良生对妈妈说，今天请假，这两天房子不好卖，带人看也是白看，我还是做一下伊伊的题目，否则晚上做不出的话，小孩又要拖得太迟睡。

结果，这个下午李良生就坐在餐桌旁做小学四年级的数学题。

如今小学四年级的数学题也不是那么好做的，李良生的思维不时被卡壳。卡壳的时候，他瞅着脚边的金毛发愣。

后来，他走到阳台上给表弟张巍巍打了一个电话。他知道表弟一直喜欢这金毛犬。

表弟在电话那头说，太好了，我来养……对的，你还是养你家小孩吧。

李良生把金毛犬送过去的时候，它好像明白了自己的处境，它瞅着他，那种眼神让他心里酸楚。他抚着它的头说，一个星期来看你一次，别难过了。

晚上伊伊回家，发现狗没了。

李良生告诉她，送张巍巍了，因为我们没时间遛狗，伊伊要学习呀。

对老爸这话，伊伊有些不高兴，说，干吗怪我？你抱它回来好了。

李良生闭嘴，心想她说得也没错，这话确实像是要加压力给她，她还是小孩呢，选择是你自己的。

这一晚做作业，伊伊状态依然不顺畅。

坐在一旁的李良生因为下午已对照教辅书琢磨过知识点了，所以帮她解决了几道题，但还有一道他也不会，而这道题与昨晚作业中的最后一题是类似的。

他问女儿，伊伊，今天有问老师吗？

她摇头说，没。

他说，为什么胆子这么小？不懂的地方要尽快搞懂，否则一点点堆积起来以后就会跟不上的，跟不上怎么考学校？考不上好学校，以后怎么找工作？

她嘀咕了一声，你不也不懂吗？不也在工作。

他生气地瞪着她说，小孩子总不能不要好吧。

她感觉委屈，对老爸尖叫道，我不要你管，我自己会想的，我自己做。

她指着作业本说，我自己慢慢想，不要你坐在这里骂我。

她说，你去遛狗，你去抱它回来。

她继续尖叫，我不要你每天都坐在这里骂我一顿。

奶奶韦红霞赶紧进来哄孙女。她责怪道，这么一闹，今天作业还怎么做？

李良生只好暂时回避，悻悻地离开女儿的书桌，坐在客厅沙发上看手机，心里郁闷。

这个晚上，伊伊占了上风，她把爸爸赶开了。当然，这个晚上她做作业磨蹭到很晚。

不妙的是，第二天晚上，伊伊的班主任罗素娟老师来家访了。

罗老师突然登门是因为她感觉伊伊最近学习比较吃力，想来跟家长一起寻找原因，希望家长重视小孩的状况。

她对伊伊爸爸李良生说，李子伊现在需要加把劲了，这次期中考试李子伊处在全班后10名的位置，数学和英语跟同学都有差距。

她说，这个小姑娘平时看着挺机灵的，但不知为什么总让人感觉她学得累。李子伊爸爸，不知是她在家里学习习惯的问题

呢，还是理会能力的关系呢，还是向上冲的动力不是很足呢？如果理解能力慢一点，那么平时家长在家里要让她多复习预习，也可以让她上一些课外的班；但如果是心里冲劲不足，那要给她营造好的氛围，让她有信心、有好心情，这个年龄段的小孩，心情是影响学习的重要因素。

罗老师说这话的时候，坐在灯光昏黄的小客厅的沙发上。伊伊爸爸李良生和奶奶韦红霞、爷爷李毅行则坐在她对面的椅子上。

伊伊站在厨房的门边，她也在听。

罗老师看着灯下这一家人的四张脸，每一张脸上此刻都有因为她的到来而紧张的神情。她知道这样一个家，对于伊伊，就是缺少了妈妈的单亲家庭，而如今单亲家庭总是各有各的心结。

罗老师点到为止，她希望这家男主人对症结所在心里有个数。

李良生对罗老师点头，他也看了一眼站在厨房门旁的女儿伊伊，不知怎么搞的，这小孩的脸上此刻竟有淡漠和不屑的神情。这让他挺恼的，心想，你以为老师是来告状啊，老师是对你负责。

李良生对罗老师今晚上门提醒表示感激，他告诉罗老师，自己已经开始着手辅导伊伊的功课了。

他说，我最近天天晚上在陪她做作业。

他又笑了笑说，我昨天买了一堆数学教辅书，自己先刷一遍。

罗老师睃了一眼这爸爸，直觉彼此要说的意思不在一个频道上，于是她仍忍不住点醒他，上课的时候总感觉李子伊那张小脸有些木，是不是不开心？是不是每天睡得太晚？是不是听不懂？听不懂的地方要记下来，要来问。

班主任走后，李良生对伊伊说，你看看，老师说的跟爸爸说的一模一样，不懂要去问。

奶奶和爷爷在一旁递眼色，提醒儿子对小孩放缓语气，别凶。

但他无法遏制，他说，听见了吗，要提高学习效率，每天做作业这么拖拉，这么晚睡，上课当然没精神。

伊伊看着墙角，在爸爸的责备声里，她脸上有明显的任性和逆反。

而这进一步激化了李良生心里的恼火，他瞅着她大吼，老师难得来一次，你这么一副表情，有没有尊敬老师的意思？老师说的不对吗？老师如果不关心你，你就越落在后面了，越慢，越累，像一只小蜗牛，跟不上人家了。

伊伊回了一句，说，罗老师可没这么说，罗老师说的是你要给我好心情，你每天骂我，越骂我越笨。

奶奶爷爷支持孙女，他俩在一旁一起说，是的，越骂越笨了。

李良生对爸妈说，我可没有骂她，我在跟她讲道理。

伊伊说，你还没骂我？你天天坐在我边上看我写字，骂我。

李良生禁不住提高声调，开始吼了，坐在你边上看你写作业，你以为我受得了，我都要得心梗了，换谁谁都会抓狂。

伊伊尖声说，不要你管，不要你陪我做作业。

"哪个小孩做作业家长不能陪？"

伊伊锐利地瞟了爸爸一眼，回敬一句，你有什么好的，你凭什么要管我？妈妈都不要你了，你管你自己好了。

李良生被狠刺了一下，心想，这丫头片子，我一个人又当爸又当妈地带你，天天耐着性子陪你做作业，这是想让你好，你为什么这么恨我？

他歇斯底里地呐喊出来："你为什么这么恨我？"

是的，恨意，莫名其妙、不知所向的类似于恨的情绪。

在他的感觉里，每天晚上坐在这小孩身边管她做作业的时候，其实都能感觉到这小孩这样的情绪。

他想，她还才这么点大，还没到逆反期吧，青春叛逆期没提前吧，谁教的，才四年级。

瞬间的心堵，让他失控地伸手过去，给女儿伊伊一个巴掌。

"啪"。

伊伊捂住了脸，但没哭。

惊得奶奶和爷爷目瞪口呆。

一秒钟安静之后，伊伊扑到茶几前，拿起果盆里的一把水果刀，举着，向老爸李良生奔过去。

李良生赶紧闪开，伊伊就绕着四方形餐桌追老爸。

爷爷李毅行伸手去拦父女俩，没拦住。

奶奶韦红霞吓傻眼了,她大喊,放下刀,放下,你们这样子,我要打110了。

于是,伊伊反应过来,她丢下水果刀,扑向电话机,拨110。

她对着电话那头说,快快来啊,大人打小孩了。

当晚八点半,杨兰从心香瑜伽馆赶往建工新村。

因为她接到了女儿伊伊发来的一条短信:爸爸打我,我要杀他。

她大惊,飞速赶到。

一进门,她就看见前夫李良生坐在沙发上面如铁灰,而前婆婆、前公公则满脸尴尬、手足无措地站在客厅里,看着她进来。

杨兰问这一屋人,伊伊呢,人呢?

韦红霞向她指了指房门紧闭的小房间,意思是伊伊把自己关在里面了。

杨兰敲门,门不开。

杨兰说,宝贝,妈妈来了。

伊伊还是不开门。外面的人听见这小孩在里面说:爸爸在,我不开。

杨兰一脸紧张,问前夫,你怎么回事?

李良生看着她满是埋怨之色的脸,说,这小孩怎么这么没良心,这么看不起我。

杨兰说,什么看得起看不起?她才这么点大,你们就没觉得

这小孩有多可怜吗？

杨兰环视这灰旧的屋子，泪水直往外涌。

李良生心里恼火，说，受什么委屈了？只不过是老师来家访了，只不过是做作业做不出了，只不过是每天做作业磨蹭被我说了几句。

杨兰擦着眼睛，说，你哄哄她都不会？

他愤然道，哄？做作业，别说哄了，我都快给她跪了。

他心里更是翻江倒海，这真是个坑，让我陪做作业！

昏黄灯光下，房间里是一筹莫展的气氛，大人小孩陷入僵局。

趁女儿伊伊不肯出来这会儿，杨兰将一个议题推到了前夫的面前，其实还是老问题——让伊伊转学去安贝利国际双语学校。

杨兰说，那里有夜自习，做作业可以在学校完成，有老师辅导作业的。李良生，我看，就目前情况来说，无论是你还是我，都陪不了她做作业，去"安贝利"是最好的选择。

李良生执拗地说，不行。

杨兰在心里认定今晚必须把这事给解决了，不达目标绝不回家。她在沙发上坐下来，放缓语气对李良生说，伊伊现在读的红阳小学放在全市范围看，只是中下游水平，现在我们当爸妈的不想办法，两年后她上哪家初中？难道还是"菜场中学"？让她永远"菜"下去？

她说，就现在伊伊的学习情况，难道她还不需要加速赶超

吗?"安贝利"的优质师资、优质教育理念,正是她需要的。

李良生回击道,小孩主观上不上进,到哪里去读都不行。

杨兰瞪大眼睛说,主观上不上进?你怎么就说她主观不想上进了?

她哭起来了,说,我把她留给你的时候,她是多乖的好小孩,你赔我!

这一哭,让韦红霞也跟着哭起来,说,小囡是可怜的。

李毅行对儿子李良生说,如果有好的学校,我看还是去,这不能一根筋。

韦红霞说,也是,让伊伊晚上在学校做作业,总比让你在这里天天骂她笨好。

李良生心里对爸妈说,你们知道要多少钱啊?就算她有钱怎么了!

果然,耳畔响起杨兰坚决的声音:我出钱好了,一年8万块,我出。

小房间的门开了,伊伊把头探出来说,妈妈,我要去"安贝利",我要去,要去。

于是,这就成了这个晚上的结果——

李良生与杨兰双方商定:女儿伊伊转学"安贝利",每晚在学校做完作业,李良生每晚九点半去学校接女儿回家来住。

12

两个星期后,女儿伊伊转学进了安贝利国际双语学校小学部,读四年级。

这遂了杨兰的意愿,也符合她筹划已久的计划。

如今,杨兰半夜醒来想到这事,都会有舒了一口气的感觉。

只是,生活中不会全是你意想之中的事。这个晚上十点半,杨兰从心香瑜伽馆回到家,发现家里来了一个客人。

一个高中女生,瓜子脸,丹凤眼,锋利的短发型,灰白格子校服。

她冲着刚进门来的杨兰咧嘴在笑。是明亮的笑意。

尚格格。杨兰一怔,连忙招呼道,是你啊,好久没见了,难得。

尚格格是尚君安与第一任前妻所生的小孩。

杨兰认识她，但不熟。

3年前杨兰在自己与老尚的婚礼上初次见到这女孩时，她还是一个初中生，来参加老爸三婚的婚礼，负责开场抛撒玫瑰花瓣。她抛啊，撒啊，玩得很high，一张不懂世事的小脸一直在笑着，让当时杨兰心里有莫名的感慨。

杨兰与老尚结婚后，尚格格很少来"望江一号"，因为她跟她妈妈舒雅一起过。她们住城北高新区。

那么，今晚她为什么突然来了？

老尚告诉杨兰，格格这阵子想来我们这儿住，住一段时间。

爸爸老尚说完，尚格格就甩了一下额前的头发，笑着朝杨兰走过来，说，小杨阿姨好，阿姨好漂亮呀。

杨兰呵呵笑着，说，哎哟，格格你长高了，是大孩子了。

格格在空中比画了一下手势，说，嗯，今年是长得蛮快的，一个夏天长了7厘米，晚上睡觉都感觉有人在拉脚丫。

她的言语手势，连同眉间表情，有一种少年人的运动感。

这让她讨人欢喜的言行中带着一点帅酷、潇洒。

她除了夸杨兰漂亮之外，还告诉她，小杨阿姨，我导航过了，这里离我的春苑剑桥中学不远，1000米，以后我每天早晨从这里走着去上学。

这是个跟人自来熟的女孩。

杨兰感觉她是长大了，3年一眨眼就长大了，交流主动，明

朗、大方，还有点男孩子的帅气。

杨兰挺喜欢她。她甚至希望伊伊的性格以后能像她，因为神经大条的女孩才不会太敏感，才好过。

杨兰觉得格格像男生般爽利，她5岁的儿子牛牛在接下的几天里可没这感觉。他觉得这个姐姐更像一个小小孩，幼儿园里的小小孩，因为她会跟他抢东西。

她会抢他的水彩笔，他在画画，她也要画，于是她从他手里一把拿过来，往自己的笔记本上做各种记号。

她会抢他的电动滑板车，他在门前院子里玩，她也要玩，她一把拿过来，就玩得停不下来。

她会来抢他的乐高，她抢过去了，拼装得更好，这是当然的，她都是高中生了。

她还会抢他的玩具无人机，看他在放，她也要。他紧攥遥控器赖在地上，不给，她就让他老爸第二天派司机李虎去买了一个新的回来。

……

鉴于她老是来抢，牛牛就以他小孩子的直觉，确认了这姐姐作为对立面的存在。

他以为她有意对着他，是对他不好，所以他的小眉头开始对她皱起来，他绕着她走。

而她干脆直接叫老爸买，你有，我也有。

甚至有一次，她看见牛牛儿童房里还留着一只前几年用过的

奶瓶，她惊喜地叫了一声"好萌"，然后拿过摆弄了一会儿，用手机对着它拍了一张照，给老爸发微信过去，说，也要。

结果两天之后，牛牛和保姆何安娜吃惊地看见格格手里真拿着一只奶瓶，新的德国进口奶瓶，还不时地吮它一口。

格格注意到牛牛和何安娜看她的古怪眼神，她对他们咯咯笑起来，说，我发现它挺好用的，我在床上做作业、看书的时候，喝水就不会漏了。

大孩子与小孩子争闹时，保姆何安娜常常手足无措。哪怕她是硕士，定位高端育儿市场，也无力摆平这么低端的小孩天平。

她心想，这女孩还这么小，就知道要来抢家产了，这样的家庭真复杂。

她只能劝慰委屈的牛牛，说，牛牛，你是男子汉，大气点，你是男的呀，这个家以后是要你来挑担的，以后都是你的。

何安娜没向女主人杨兰打格格的"小报告"，在她眼里，这类事是家庭复杂情缘里的狗血，只可意会，难以言说。要怎么说呢？除非上电视剧。

她不想多事，杨兰还是注意到了。

因为牛牛对这个姐姐的避闪态度是明显的，所以杨兰注意到了这个女孩在跟牛牛比。但与何安娜的想法不同，对于格格的举动，杨兰是理解的。

在她的记忆深处，也站着这么一个内心不安的小女孩，一直站在童年通道的转角口哭泣，在跟妹妹比。

比，是因为缺。缺爱的恐惧。

缺了，就没有安全感。

对于格格，置身于老爸家的屋檐下，那份不安全感，以"比"的方式呈现出来，无论有意识或下意识，都表达着她的不安和她需要的重视感，哪怕她装得再潇洒、酷帅。

从这个角度看，杨兰对她心有怜悯。

就像3年前在婚礼上，那张还不谙世事的小脸，让杨兰心里涌生怜悯。

但，如果从另一个角度想，杨兰也会有惶恐：如果这女孩体现的是她背后那个妈妈的某种焦虑，或是受这种焦虑的熏染，那么她前来老爸家入住和"比"，就是另外的意味了。

格格背后的那个妈妈，杨兰还没见过。

据说叫舒雅，曾是财务人员，现在家做全职妈妈。老尚每月固定给她们一笔抚养费，她专心陪女儿。

杨兰心想，幸亏我这是老尚的三婚，幸亏我不是从她的手里把老尚抢过来的，否则我还真的会被她和她女儿当对立面。

杨兰想，那是一个怎样的妈妈呢？

尚格格的到来，虽让杨兰多了一点需要应对的心思，但在另一个方面，它也为杨兰提供了突围的借口。

杨兰拎着两袋核桃去看老妈华蓉，她对华蓉说，妈妈，老尚的女儿格格这两天突然住我家来了，她这一住什么时候走都不知道，这小女孩不太简单的。妈妈，如果这个时候你再住进来，家

里各个方向上的人都有，线头会比较乱。妈妈，我这么说，你明白吗？

华蓉哪怕懂，嘴上依然说，我又不是惹事的人，我就像林黛玉进贾府，不多说一句话也不行？

杨兰笑道，妈妈，干吗要生出这么多精力去面对这么多琐碎事呢？我自己可没精力，我管理瑜伽馆都精力不够用了，管牛牛都没精力了，现在伊伊我也得费心思了。妈妈，这样吧，我给你租一个房，你一个人住，还乐得清静，省得你缠到我这边的家长里短来，反而累了心，让我分了心。

华蓉还能怎么说？

两天后，杨兰给妈妈在玉山新村租了一个小套。

华蓉就搬过去了，而妹妹杨慧伦一家就搬进了妈妈的老屋。

13

　　星期六下午,远洋大厦一楼心香瑜伽馆里流淌着轻柔的音乐,一大排落地镜映照着本色地板、柔和灯光、紫色瑜伽垫,和垫上静坐着的人影。

　　来自美国的马修老师正在授课,带学员们一起进入这一刻静心冥想的状态。

　　杨兰站在教室后面,看了一会儿,侧转脸,瞥了一眼窗外。

　　这一眼,正好看见妹妹杨慧伦打着雨伞,在往心香瑜伽馆走。

　　妹妹平时很少来瑜伽馆,所以杨兰就赶紧从课室出来。

　　她往大堂走,走到楼梯口,就碰到了匆匆过来的妹妹。

　　妹妹杨慧伦今天来找姐姐杨兰,带来了一张纸,想让她签字。

杨兰接过来一看，是一份公证资料，扫了一眼，原来是关于她自愿放弃妈妈华蓉位于胜利小区那套房子的子女继承权。

杨兰盯着这页纸，蒙圈了，问道，为什么？

杨慧伦笑了一笑，说，我跟妈妈讲好了，主要是为了让我办过户手续。如果我不过户这套房子，我们星星一年以后还是读不了胜利小学，因为学区必须跟房子户主的名字统一，外婆外公的房子都不行，必须是小孩爸妈的房子。

很好懂。谁都懂。甚至从小学入学来说，现在过户都有点迟了。但，杨兰心里的不爽瞬间涌到了嗓子眼。

杨兰提高声调喊起来，为什么呀，为什么你小孩读书，要我放弃继承权？

杨慧伦吃惊地瞪大了眼睛，今天来之前，她可没想到过姐姐这一关会有麻烦。慧伦皱起眉，说，公证只是为了办过户用的呀，以后房子也不一定就归我，以后再重新过户回妈妈也是可以的。

杨兰也皱起眉，不依不饶地说，妈妈可没跟我说过这事，不是我不肯放弃，是我对你们这样理所当然的行为不舒服，极不舒服！今天你突然过来让我签字，你事先有跟我商量过吗？我是不是这个家的人？

杨兰声音尖利，面容激动，在妹妹慧伦眼里，有些反应过度。

确实，杨兰此刻心里特堵，特火。她无法遏制自己的情绪，她对妹妹说，为什么你们总是这样？为什么你们都认为我该理所

当然地让给你？为什么什么都要我让？从小到大，什么都要我让给你？

杨兰这么在乎，让慧伦彻底傻眼了。

慧伦也提高了声音，说，我也没说我想霸住妈妈的这套房子，产权以后再说也可以，只是为了小孩读书暂时让我去办一下过户手续，你怎么这么在乎？你现在有这么多钱了，还这么在乎这套老房子？

杨兰更不爽了，说，我哪有这么多钱？哪怕真有，我也在乎，因为这跟钱没关系，跟公平有关。

杨兰几乎要呐喊了：妈妈一直偏心你，我受不了了。

杨兰的过激反应，令慧伦惊呆又气急，她有点语无伦次地说：哎哟，姐，你这么计较啊？你这么计较妈妈对我好还是对你好，有意思吗？妈妈的好，统共加起来也就那么一点，你是姐，你盯着妈妈对我的那点好，好像它比天还大，有什么意义和出息？

杨兰眼冒金星，说，哼，我没出息，你有出息！妈妈爸爸把你培养成了博士，而我只读了艺校，你现在返回去做家庭妇女，你还打她房子的主意，你有出息？

慧伦暴怒道，我读博士那是我会读书，你自己考不好，数学才考十几分，你这才读艺校的好不好？

杨兰毫不留情地回击道，我确实不会读书，但是，你说爸妈花在你身上的钱有多少，花在我身上的又有多少？他们为你花了那么多钱，你现在不工作，还啃老。

慧伦被激得脸色大变,手脚发抖,说,我啃老了吗?你凭什么说我啃老!我放弃工作?你没看见我现在管两个小孩吗?人各有各的活法,你有什么资格看不起我?

杨兰瞅着妹妹的恼火脸色,告诉她说,没学区房,自己想办法去,如果我没有学房区,妈她会给我过户吗?偏心,太偏心了,她对你偏心了一辈子,你被宠坏了。

杨兰继续说,我离婚住回妈妈家还不到一星期,她就让我搬出去,说是激励我。我告诉你,算我感谢她的激励,我现在激励你,我不签,没学区房激励你自己发奋去买啊。

杨兰无法遏制自己一句句往外冲撞的言语。

杨慧伦泪水纵横,说,你太敏感了,到这个年纪还在跟我争妈妈的宠爱,有毛病了。她抹着眼泪,转身就走。

两姐妹在远洋大厦的大堂里不欢而散。

杨兰看着妹妹失落的背影,脸上有复杂的表情。

虽然她也为姐妹俩这么吵了一场而难过,虽然她也知道星星读书确实是个事儿,但她吵了这么一架以后,反而气顺了,真的是透出多年的闷。

她想,尚格格那么小都会表达自己,我忍了那么多年,说一下又怎么了?

14

人缺啥,心底里就需要补啥。

所以,别说杨兰到了这个年纪还在计较一个屋檐下妈妈对谁好,就是连牛牛这样的小孩,如今也在纠结幼儿园里"谁对谁好"这一难题。

说到小朋友的"交友需要",陈瑶园长常会感慨不已。

她说,呵,现在的小朋友可不同以往了,一个个才豆苗点大,嘴里整天在说"要跟谁谁结婚"。这当然是说着玩,但谁跟谁最要好,哪个小朋友喜欢哪个小朋友,则是千真万确的,小朋友搞得清清楚楚,小朋友之间还常会吃醋,还会争抢朋友。

她说得有些调侃,但其实,这些小人儿有时还真让人啼笑皆非。比如牛牛,最近就在急切觅友。

因为5岁的他以小孩子的直觉，意识到了自己的孤单——随着班上一对对"友情组合"的形成，他有被落单的危机。

谁都害怕孤独。

他就把觅友的目光投向教室。

他的寻找其实相当容易，因为除了"龅牙小妹"宝儿，这个班其他小朋友如今是越来越不爱跟他玩了（因为他的"粗暴"和"常被老师批评"）。也只有宝儿对他还好一点。

这一点的好，让她成了班里他最喜欢的小朋友，没有之一。

所以，毫无疑问，就宝儿了。

定位清晰、精确。

他要跟宝儿好。

但"龅牙小妹"宝儿对很多人都好，除了牛牛，她对康康、月儿、张潮、李敏也都很好。

这让牛牛有些困扰，但还好，因为她对他们好并不意味着他们都会来跟他争抢她，她又不是小仙女，她是"龅牙小妹"。

情况也确实如此。除了他们中的"淡定哥"康康是个例外。

康康被叫作"淡定哥"，是因为他的动作和思维都比较慢，宛若淡定，也因此有小朋友觉得他是"笨小孩"。

这么说，你可能就明白了为什么康康会是牛牛的对手了。

康康平时也没多少要好的玩伴，也就宝儿对他性子耐一点，因此，康康如今跟宝儿跟得很紧。

牛牛看在眼里，心一急，就去求康康说，你能不能别跟宝儿那么好，我只有她这么一个好朋友。

康康有点怕这个常欺负自己的牛牛,他答应了,但对牛牛提了一个条件:你明天给我3个巧克力球,我就不跟她好了。

第二天牛牛高高兴兴地从家里拿了3个巧克力球来给康康。康康自己留下1个,把另外两个悄悄送给了宝儿,说,你吃。

结果,宝儿在心里对康康更好了。

可见,康康才不是"笨小孩"。

牛牛看他俩还是那么要好,委屈得脸都发紫了,伸手就给了康康一拳。康康捂着头,大声哭泣。小唯老师赶过来,问明原因后有些傻眼,她对牛牛、宝儿、康康说,怎么可以这样?你们是小朋友,什么你跟我好我跟你好的,那是小团体,我们不搞小团体,我们要团结,要跟所有的人都好。

小唯老师在幼儿园批评牛牛的这一刻,3公里之外的蓝山大厦一楼,恋家房产中介公司张军经理也正在办公室里批评李良生。

张军经理说,李良生,你这3个月的销售业绩在全公司垫底,那些才毕业的小孩刚来几个月都做得比你高,什么问题呢?是你不适合做这行呢,还是不够勤快,还是没有状态?

李良生唯唯诺诺地点头。

张经理比李良生年轻10岁左右,言语直接,举止利索,透过镜片的眼神严肃而锐利。

他摊开KPI考核表,指给李良生看,说,做二手房销售又没

太多秘诀,你看那些小孩,带人看房跑进跑出,白天黑夜,像辛勤的小蜜蜂,业绩是这样一点点做上来的。

李良生点头承认自己表现欠佳,他对张经理说,唉,那些小孩没有家庭负担,我哪,家里女儿读这点书,又不太听话,把我的心思、精力都搭进去了,真是不好意思……

张经理点头,打断他的话,说,我理解,你这个年纪,上有老下有小,牵涉精力的杂事多,我理解的。但我觉得,作为一个男人如果每天脑子里装的全是几点赶回去接小孩、几点陪做作业、几点送兴趣班……那就没了男人做事的状态。

李良生脸红了,因为在这人的描述中,自己显得有点琐碎低端可怜,酱油兮兮的。

张军没有可怜他的意思。作为经理,张军也有自己的经管压力,所以他在指出李良生业绩不佳、状况不勤的同时,也向他摊了牌。他说,李良生,我感觉你这样的性格,其实不太适合做这一行,你对人、对事没有主动迎上去的黏性,也没有持久的耐性,做销售推销的不仅是房子,还有你自己的性格、脾气……

李良生听着别扭:我性格又怎么了?有什么问题吗?混这么一口饭吃,还要你这毛头小子指手画脚评点我的性格?你整天板着个脸,你性格好?

当然,李良生可没说出心里的这份不爽,因为没有必要了。

这几年在许多公司跳来转去的经历,已让他明白,像张军经理此刻把话说到这个份上,其实是摊牌了,意思是回报他了,劝他辞了,要他另谋出路了。

李良生点头，对张军说，做二手房生意可能是不适合我，谢谢你这一年这么关照我，好的，我得调整调整，我就不再在这儿做下去了，谢谢，谢谢。

李良生从经理办公室出来，收拾了一下自己工位上的东西，也没多少个人物品，就几本书和一件备用外套。他把它们装进了一只纸板箱，抱起纸板箱，就往门外走。

中介这一行，人员进进出出、来来去去很寻常，这样的走人背影，在恋家营业厅里没引起太多情绪的涟漪。

李良生抱着纸板箱刚走出门，就与正要进来的林燕喃迎面相遇。

林燕喃叫了一声，哎，李良生，我正要找你。

李良生一怔，是她，康康妈妈，找我怎么找到这儿来了？难道她要买二手房？可我现在不做了。

李良生说，是你呀，难得。

林燕喃没好脸色地说，李良生，你家牛牛又逞凶，今天又打康康了，这儿子你怎么教的？这么野蛮！

林燕喃刚才接到了小唯老师的电话，就匆匆开车从公司出来，往"安贝利"赶。路经蓝山大厦恋家中介时，她突然心想，李良生不就在这里吗，得，拉他一起去幼儿园。有没搞错，一而再，再而三地犯，你不管教，我得让你管起来。

李良生怔怔地看着满脸恼火的林燕喃，脑子突然空茫一片，这个下午，怎么都是糟心事？

他抱着纸箱，站在蓝山大厦楼下的阳光里，对林燕喃嘟囔，

牛牛打康康了？对不起，但我有什么办法？你别怪我。

这话在林燕喃听来相当愚蠢，她生气地说，你是他爸，你有没有在管教，你不管教今天我帮你管教！

李良生脸上涌起难堪的表情：我怎么管？他妈在管，我跟他妈离婚了，一个月才见牛牛一次，我看到他的机会还没你每天去接康康时见到他的次数多，我管不上，也没得管哪。

在阳光下，在林燕喃吃惊的视线里，他相当失魂落魄。

林燕喃说，是这样啊，那你也得让他妈平时多管管他呀，过了这个年龄段，小孩性格脾气改不了了。

李良生听得出她话里的抱怨，也看到了她眼里对自己的怜悯。这让他难堪。这倒霉的下午，抱着个纸箱，明天去哪儿混饭都不知道，儿子还给人家闯祸了。这人是怎么混的，混成这样了。

他比哭还难看地对林燕喃笑了笑：转告，好吧，我转告，只不晓得她听不听。

站在街边，他突然感觉眼睛里的水无法遏制地涌出来。他抬头佯装看太阳被光线刺着了，但没用，泪水不可控地流下来，甚至落到了纸箱上。

原本想离开的林燕喃见他突然这副样子，吓了一跳，慌乱地说，你怎么啦？怎么了？

他脸红着嘟囔，不好意思，不知怎么搞的，可能是心里难过了。他这个样子让谁都会惊诧、同情。

林燕喃说，不好意思，我说了让你不舒服的话了，牛牛这件

事跟你没关系,我懂了,你别放心上。

他抱着箱子,无法腾出手擦眼睛,只能任凭泪水在脸上纵横。

他说,跟你说啥没关系,是我不行,林燕喃,我不怪你,是我真不行。婚离了,对于儿子我这个爸爸都没得当了,刚才我的工作又给搞没了……

15

安贝利幼儿园部与小学部之间隔着一道铁栅栏,栅栏上方攀爬着月季的枝叶。

这个时节,各色月季花正在怒放,浓红,淡粉,嫩黄,映着这一侧小学后院里盛开的绣球花,也衬着那一侧幼儿园植物角里的向日葵,缤纷夺目,生机盎然。

这栅栏像一堵花墙,把幼儿园部与小学部隔成了两个区。

与充溢着喧哗童声的幼儿园不同,栅栏这一侧的小学校园显得安静、文气,穿着格纹校服的小学生们走在校道上,遇人便会彬彬有礼地问好。

转学到安贝利小学部的伊伊,如今正在适应这所民办学校的氛围。这里的课程进度比她原先就读的红阳小学要快,难度要大,当然,老师也更尽心,晚上夜自习有老师值班,如果学生做作业有困难,他们会给予辅导。

校园环境也是这里更好,课间休息的时候,伊伊常会悄悄逛到小学的后院来,吸引她的,除了后院里的花朵,还有那道铁栅栏。

她发现,透过栅栏,不仅可以看到幼儿园植物角里的向日葵、橘子树,还能看到远处绿色的草坪、红色的大滑梯、黄色的跷跷板,以及那些玩耍的小朋友们的可爱身影。

她想,牛牛不就在这里上幼儿园吗?

对于这个弟弟,她平日里可不太有机会看到,一个月爸妈才领着相聚一次呢,每次都没玩够,恋恋不舍地分手。而现在,都在同一个学校里了,能看见他吗?

站在铁栅栏的小学这边,伊伊无法看清对面晃动着的那些小身影里哪一个是牛牛。侧耳倾听,从那些飘过来的小娃娃的声音里,她也分辨不出是否有牛牛的声音。

她打量面前的这道栅栏,发现栏杆与栏杆之间的空间有点大。她低下身子,把小脑袋探过去,发现自己只要侧转肩膀,就可以顺利通过。

伊伊就钻了过去。现在她站在幼儿园的植物角里了,向日葵就在她的头顶上方,一个个硕大的花盘沉甸甸的。

看了一会儿向日葵,伸手摘了一片清香的橘子树叶,她突然决定去看看弟弟牛牛。

她高兴地想,我要吓他一跳,姐姐来看他了。

她飞快地往草坪方向走，却发现草坪上那些玩耍的小朋友中没有弟弟。她转过头来，看了一眼教学楼，决定去教室里看一下。其实，她也不知道弟弟在哪个班哪个教室里。

她沿着紫藤长廊匆匆往教室方向走，突然看见牛牛就站在长廊的尽头，一个人趴在栏杆上出神。

咦。伊伊喊了一声，牛牛。

牛牛见姐姐突然从天而降，果然吓了一跳。他咧着嘴就奔过来了，说，姐姐，你怎么来了？

伊伊说，我爬过来的。

你爬过来的？牛牛睁大眼睛，扭头往小学那边看了一眼。

伊伊问，你一个人在干吗？

牛牛说，他们不跟我玩。

伊伊说，那姐姐陪你玩吧。

伊伊说完这话，又反应过来，自己得赶紧回去，下一节课的铃声马上要响了。

她对牛牛说，不过今天来不及了，我要上课去了，明天我再来。

她匆匆转身往栅栏方向走，走了几步又回过头，走向牛牛，从口袋里掏出了一个东西，递给牛牛，说，给你。

是一只钥匙圈，带着一个卡通的塑胶坠子，呵，一只胖乎乎的小包子。这是伊伊上午从同桌袁朋那儿要来的。

包子。牛牛眯着眼睛笑起来。他拿过钥匙圈，对姐姐说，明天再来。

第二天上午,第二节课后休息时间,伊伊又穿过栅栏来找弟弟。

等在长廊里的牛牛,向姐姐奔过来,边跑边问,姐姐,你今天给我什么礼物?

伊伊吐舌头,说,我哪会每天都有东西?

牛牛就在自己的裤袋里掏了半天,掏出一个费列罗巧克力球,递给伊伊。

伊伊惊喜地接过来,说,哇,这么高级。

姐弟俩在长廊里玩了一小会儿,然后,与昨天一样,伊伊在上课铃响之前,匆匆穿过栅栏,返回自己的教室。

16

职业、心境跌落谷底的李良生,那天在林燕喃面前一不留神涕泪纵横了一场,结果林燕喃向他伸出了援手。

两周后,林燕喃将他招聘到她所在的南迦房地产公司。

她的相助这么迅捷、顺畅,是因为南迦房地产公司正好在招司机,而她是公司负责房产营销的副总,打个招呼,是举手之劳。

这司机岗位听起来跟李良生原先干过的工作有些离题,但林燕喃说,李良生,你先做起来,再兼做一些办公室的工作吧,以后还有机会,先进来再说。

于是李良生就进了"南迦",每天负责为副总林燕喃等几位高管开车,也兼做一些办公室杂务,比如销售部印制楼书时,协助印务工作,这跟他的老本行有点关系。

像一颗失重已久的灰尘,突然漂到了这里,做这样一份营生,李良生每天进出南迦大厦,有做梦的感觉。

十几年前,在新华印刷公司上班的时候,他哪想得到未来有一天那个顶真的"眼镜妹"会向自己伸出救命稻草?当时还嫌她快人快语,烦着呢。

他暗自感谢感叹惆怅恍惚忧愁,这时光、命数,兜兜转转,让人对照,滋味多般。

在这个年代生活,真像是坐过山车啊,几个转弯,就到了这一站,怎么到的?跳槽、下海、离婚,这是明面上的转折,还有许多暗转角,回过头去,似远似近,让人恍惚,不知身在何处,不知在何处搞砸……

现在他想好好干。

为头儿开车,是个需要尽职的工作。好在如今女儿伊伊在"安贝利"读书,晚上有夜自习,不需要他匆匆赶回家陪做作业,只要他在每晚九点半之前结束公司驾驶工作,骑自行车赶到校门前接她就OK了。

这么想来,在现在这样的状况下,同意前妻让伊伊转学去"安贝利"是正确的。

而从伊伊的学习效果看,这个选择也是正确的,如今她每晚回家之前基本上能做完作业,不会做的题目,老师在夜自习上会辅导、解决。

8万块钱一年的学费,不是开玩笑,到底不一样。李良生想。

　　当然,不陪女儿做作业,不代表不需要他在女儿身上花时间,比如,双休日数、英、语三门培训班,他这个老爸得骑着自行车接送女儿。

　　那么,父女俩在情绪上的摩擦是否少了呢?实话说,李良生感觉女儿对他的不耐烦还是有的,不知怎么搞的。

　　可能真的是叛逆期提前了;也可能是拿我跟她妈在比,看不起我,嫌我烦;或者怪我跟她妈离婚了,害她成了单亲小孩。

　　这么想,他对她又是心疼的。所以,他也在想办法哄这小孩,让她能稍稍喜欢他这个爸爸一点。

　　比如这么一个星期六的中午,伊伊从优学海培训班上完课出来,老爸李良生接上她一起回家,路经南迦大厦时,告诉她,这是爸爸的新公司,伊伊,你要不要去参观一下?

　　南迦大厦的门面漂亮、气派,李良生引以为傲。

　　哪想到,伊伊说,我不去。

　　去看看呀。他说。

　　她说,有什么好看的?

　　可能是上课坐了一上午累了,也可能不觉得办公室有什么好玩的,可以理解。

　　但他哄女儿,说,那也要关心一下爸爸在什么地方工作,爸爸平时怎么在上班?

　　她嘟了嘟嘴,勉强答应说,好吧好吧。

　　结果,她这一答应,让李良生进入了令他后悔莫及的环节。

他带女儿进了南迦大厦,穿过明亮的大堂,看见林燕喃刚好从电梯里出来,今天销售部有一个会议在开,所以她在公司加班。

李良生招呼道,林总,这是我女儿。

林燕喃对着伊伊笑了,她只见过牛牛,没见过李良生的这个女儿,看起来这女儿跟牛牛有点像,都是小圆脸,大眼睛,但比"小捣蛋"牛牛显然文静得多。

林燕喃说,哎哟,是女儿,叫什么名字?

伊伊没告诉阿姨自己叫什么,而是伸出手指,指着阿姨的脸突然说,你这张脸怎么长得这么丑?

两个大人目瞪口呆。

林燕喃刹那间脑子里掠过一个念头:他的两个小孩都是小妖吗?

李良生脸红耳赤,无限尴尬,觉得自己脸面给这小孩丢尽了,心想,哪里难看了,也就脸稍稍胖了一点。

他拍了一下伊伊的背,说,伊伊,哪里话,阿姨多有气质啊,阿姨对爸爸最好了,最帮爸爸了。

林燕喃向伊伊眨眼,笑道,哈,小孩子不会说假话的,阿姨以后会有动力的,要搞得美一点,对不对?

17

都说女儿是爸爸的前世情人,但李良生觉得,自己这个女儿肯定不是,不仅不是,还很可能是冤家。

比如,这一个晚上九点半,李良生去安贝利国际双语学校接女儿伊伊回家。

他在校门口等了很久,才见伊伊拎着书包拖拖拉拉地从里面出来,比往常夜自习结束时间晚了15分钟。

他就问了一句:怎么这么迟?作业有没做完?

这么问,是因为最近连着两天伊伊都没能在离校前做完作业,回家后得继续开夜车,开夜车动作又很慢,他在一旁催促,又再次点燃父女间的情绪冲撞。

果然,今夜女儿的回答让他失望。女儿说,没,有很多作业，做不完。

他心里就急了，问，其他同学都没做完吗？人家都回去不睡觉了吗？你动作就不能快一点？

伊伊皱起了眉头，老爸在校门口这么大声责怪她，让她觉得丢脸。

她说，别烦！

她往校门左侧溜，像在摆脱一个让她心烦意乱的影子。

伊伊的漠然神情，让李良生心里的火苗腾了一下：这小孩怎么又搞不拎清了。他觉得有必要对她这连续两天的拖拉苗头进行敲打，以防其成为常态。

他厉声问道，在家里做作业慢，才换到学校里来的，开始时好好的，怎么现在又慢起来了？

伊伊委屈地心想，我来不及做又怎么样？又要骂我了。

他盯着她，说，不会可以去问老师。

她嘟哝道，我问过了。

他说，问过怎么还做不完？在学校里做不完，回家效率就更低了，如果你天天这样，我们干吗还要留在学校做作业？

伊伊懊恼地对他说，我没天天这样，我前几天都做完的。

他说，但这两天你都没做完。你手脚就不能麻利点吗？哪有小女孩这么不利索的，如果天天这样，要累死人了，还不如去玩。

她顶嘴道，我没有玩，我天天在做作业，我天天做作业还不够啊，你还骂我，在家里骂我，跑到学校里也骂我。

他忙辩道，不是骂你，我是在跟你讲抓紧的道理。

她皱起小鼻子，说，你还没骂我？我就是笨怎么样！

气急的小脸，像一只鼓鼓的小气球。她把书包往地上一丢，说，我不上学了！

他瞬间头脑充血：这小孩怎么这么不可理喻，是亲生的吗？

他手一挥，说，随你，随你！爸爸想要你好，你说爸爸骂你，马路上别人家的小孩爸爸会去管他吗，拉倒吧，你这样子，随你去。

他像个小孩，感觉自己委屈，急火攻心之间，一步跨上自行车，说，这小孩我不要了，随她去。

他就蹬了一脚车踏板，脑子发昏地骑走了，留下伊伊独自待在校门旁委屈哭泣。

10分钟后，骑到了灯市街的李良生被"安贝利"的保安追上了。保安告诉他，是滕校长让他把他追回去的，因为怕出事，怕他这么气急昏头地在夜马路上骑车，被车撞。

李良生冷静下来，跟保安一起回去。

到了校门口，竟发现伊伊不见了。

她去哪儿了？

李良生眼睛发直，心脏跳到了嗓子眼，小孩呢？

他抓狂地四下张望，没有。

她去哪儿了呢，这么晚了？他惶恐，后悔，简直想狠咬自己手臂一口：自己刚才发什么疯啊，小孩呢？

安贝利小学部滕宝珍校长和伊伊的班主任方琼老师正在传达室里等他。见他回来了，她们走出来告诉他，伊伊刚刚被她妈妈接走了。

李良生瞬间松了一口气，心想，这杨兰倒是手快的。

也不可能不快，远洋大厦心香瑜伽馆离安贝利国际双语学校不远，隔了两个街区，她每晚又都在店里，开车过来很快。

李良生听见自己的手机在裤兜里"嘟"了一声。他掏出来看了一眼，果然，杨兰发了一条微信过来——"伊伊在我这儿，她今晚到我家住，不跟你回去了"。

在回复前妻之前，他先要应对的是站着面前的两位老师。

同样，这两位老师也需要跟这位爸爸好好谈一下。

两位老师把李良生请到了办公室。

李良生满脸尴尬地在椅子上坐下来，对她俩解释自己今晚的冲动。他说，小孩子不乖，太任性，我实在控制不了自己，我都不知道怎么管她了。

滕宝珍校长的脸上有在琢磨用什么词的表情。

她对李良生这样说，李子伊爸爸，首先不是管的问题，首先是你要对她好一点。

李良生点头说，我对她确实是有点不耐心，这我承认，她磨磨蹭蹭的样子，让我很着急，我也不知她怎么会这么慢，说上去她还跟你顶。

滕宝珍校长感觉他没懂自己话里的意思。于是，她就说得

更直接一些。她说，李子伊这孩子，你要懂她，她跟别的小孩不太一样，你当爸爸的，更要平心静气，细心对这小孩，要对她好一点。

李良生就此猜测，这个校长已知女儿来自单亲家庭。

他脸上一阵发热，心里一阵发虚。

他向老师承认自己有时对女儿说话简单粗暴，没有耐心，家里缺了妈妈，作为爸爸的自己做得还不够，没能像一个妈妈那样细心地哄她，只追求效率，所以常常搞得情绪对立。

在两位老师面前，他像一个表现欠佳的孩子，认错，但又为自己辩解：但是，我现在还是在尽力的，比以前花好多心思了，但不知为什么，有时候好言好语说过去，小孩还是觉得我在说她的不是，还是嫌我烦，表现出种种不听话，引得我光火，没了好脾气。

坐在他对面的两位老师看着他，眼里都有复杂难言喻的眼神。

她们知道，如今这个时代，许多家庭结构裂变，复杂多样，离婚稀松，单亲遍地，当大人不容易，当小孩也不容易。

班主任方琼对李良生点了点头，说，教育小孩确实不太容易，小孩在家里与在学校里还常是两副面孔，所以家长不能急，要对症解决问题。

李良生摇头道，唉，也可能这个小孩的性格跟我犯冲。

滕校长睃了他一眼，以她的经验告诉他为什么小孩有时动作慢、不听话。她说，小孩是很敏感的，如果没有安全感，哪怕

一点点不安,他们都会以各种方式表现出来的。像大人的生活状况、情绪状态这些因素,也都会影响到小孩,只要小孩直觉到了不开心,他们情绪就低落,动作就慢,体现出种种不听话的行为来,所以,李子伊爸爸,咱要找一下原因。

她这话说得这么直接,针对性强到好似一根针尖,让李良生像被戳了一下。

他局促地坐在那儿,心里承认:是自己脾气差,对她用心不够,自己混得灰头土脸,这两年心情不好,家里气氛不够快乐,自己让她看不起,自己在她面前缺乏说服力,自己总是指出她的问题让她不开心,自己跟她妈离婚了呢……

这么想,让他心生自卑。也让他对那个刚才被自己留在校门口的小女孩,心里生疼。

他想,换了我自己,如果小时候像她现在这样,又会开心到哪里去呢?

悔意在心里滚动。就像每次骂过她又见她在哭闹时的心情一样。他真想立马起身,跑到前妻家去把女儿接回来,要她别怪爸爸了:爸爸哪会不要你了?是爸爸混得太low了,是你看不起爸爸吧? 要不怎么这么不听爸爸的话?

他意识到两位老师正瞅着自己,他赶紧拉回自己跑开去的思绪,问她俩,这小孩在家里不听话,不知在学校里怎么样?

方琼老师扶了一下眼镜架,说,李子伊转学过来还不久,目前还在适应我们这儿。

她脸上也有在琢磨用什么词的表情。

131

接着她给李良生和滕校长讲了几件事：

"在学校里，李子伊是一个比较内向的女孩，胆子好像很小，但其实她很聪明，什么是对的，什么是错的，什么是不妥的，我感觉她心里都明白。比如，课间休息时间，她与同学一起捉迷藏，她会告诉班里年纪最小的同学，快躲起来，别让他们找到，无论什么情况都别出来。而她自己呢，随后就回了教室，结果到了上课铃响，那个小同学还没回来，引得老师同学去找，找到后，那个同学被老师批评了一通……又比如，李子伊知道什么事是不好去做的，像在墙角上画画、往水坑里走，这些都不好去做的，但她会有办法让别的不够机灵的小孩去做……还有，学校后园草木较深，老师说最好别去那儿玩，但李子伊总是悄悄一个人往那里去。

"学校举办科技节的时候，我们班的节目是《勇闯大原野》，节目中运用到了电学、光学、磁场、仿生学等科学原理，设计了剧情，安排了神话人物、动植物等角色，由同学们自选扮演。结果，大多数同学报名踊跃，但李子伊一直没选，选到后来只剩'白兰花''橡皮小孩'和'灰狼'三个角色了，科学老师问李子伊选哪一个，她闭着嘴摇头，都不要。老师看她文静的样子，建议她'白兰花'吧。她摇头。于是'白兰花'被另一个小朋友选走了，只剩下'橡皮小孩'和'灰狼了'。老师又问李子伊选什么，'橡皮小孩'吧。她摇头，轻声说，我不是'橡皮小孩'。老师笑道，是扮演游戏，不是真的，要不'灰狼'吧。她不要，因为'灰狼'太难看。那么，你要什么呢？伊伊轻声说，

我要'白兰花'。老师为难了,因为这刚被人选走了。老师说,伊伊,那你刚才怎么不要?哎,要不你还是选'橡皮小孩'吧,也蛮好玩的。李子伊还是摇头。老师说,那你说怎么办呢?李子伊轻轻地、执拗地说,我要'白兰花'。

"另外,最近班上有几个同学来向我告状,说李子伊指着他们的脸说'我不喜欢你''我讨厌你'。我也比较吃惊,她基本上是文文静静的,怎么会时不时有这样指着别人表达讨厌的言语举止?"

在夜晚空静的办公室里,班主任方琼训练有素的声音在日光灯苍白的光线下回旋,仿佛失真,又万分真切地打在李良生的心上。

他听见滕校长轻叹了一口气,内心五味杂陈。

他自己也常常被伊伊搞得很不舒服,但她才多大,10岁,你们用什么眼光在注意她?她是坏小孩吗?算你们眼尖?算你们8万块学费的学校判断力强?你们在这样留意她?

他在方琼老师充满画面感的描述中,好像看见了女儿伊伊混迹在同学中的那张小脸,孤单、可怜兮兮的,这让他心酸,强劲的酸,酸到让他眼睛里一瞬间有泪水控制不住流下来。

他想,怎么搞的,最近泪点怎么这么低?

但没用,泪水依然无法遏制,滑过脸颊。

两位女老师看他这个样子,一时无语,也心有感伤、感慨,一起劝他,别急,李子伊爸爸,早注意到,会改变的。

其实,跟家长讲这类细节,她们自己也未必不茫然,未必觉

得是自己眼尖。她们只是以自己从教多年、每天接触各类孩子的经验，感觉到了：这个小女孩心里好像有些灰暗。

她们想告诉他这个爸爸，她缺少疼爱。

这个晚上，在李良生离开学校的时候，将他送到了校门口的滕校长对他说，李子伊爸爸，我知道，在你们这个年纪，自己的工作、生活、情感什么的也正好处在压力期、转型期，有时候自己不顺，烦躁会表现出来，会波及家庭的屋檐下，波及小孩的情绪里，他们敏感着呢。所以你一定要对小孩多用心，对李子伊好一点，多爱她一点。

他支吾着，点头。他心里凌乱：她缺爱，那你们学校能给她点吗？刚才你们那样说她，好像也没给她是吗？

李良生心事重重，当晚就赶到了"望江一号"。

他敲门，来开门的杨兰皱起眉头。她刚才在电话里让他别过来，他还是非要过来。

他现在急火攻心，装作没看见她的不乐意。

他向屋里探头张望，还好老尚不在。他进屋，对女儿伊伊扮出欢颜，说，伊伊，对不起，爸爸很后悔，爸爸做错事了，爸爸带你回家去。

不，伊伊说。她正趴在一楼客厅的一张桌上，在写还没做完的作业。对于老爸的请求，她头都没抬起来，就干脆回绝。

李良生说，为什么呀？伊伊，走。

伊伊说，不。

杨兰瞅着僵局中的父女俩,心里对女儿又疼又怜,对前夫又恼又怨。她心想,有病,李良生,你在学校跟她闹成这样还不够吗?现在几点了?你到底是大人还是小孩?就不能顺顺她吗?你就不觉得她很可怜吗?

儿子牛牛趴在扶梯上,探着小脑袋,好奇地往下面看。今晚姐姐的突然到来,让他兴奋得不肯睡觉,现在见爸爸哭丧着脸也来了,他更好奇了,因为爸爸从来不来这儿的。

客厅沙发一角,还坐着一个女孩,是个中学生。在嘈杂声中,她自顾看书,对身边这场琐碎争执,仿佛置若罔闻。

她是尚格格,李良生不认识。

这家的男主人尚君安今夜不在家,他在云南谈一笔生意。

也正因为老尚不在,李良生才好意思走进屋来哀求女儿跟他回去。刚才来的路上,他想的是跟女儿在门外说几句,随后带她回家。

他想得美!这一刻的女儿伊伊哪有这么好说话?

伊伊对老爸说"不",没回旋余地。

李良生求她道,伊伊,爸爸心里很难过,爸爸简单粗暴,爸爸对你说"对不起",你跟爸爸回去吧。

伊伊没抬头,说,不,我要做作业。

李良生说,回家也可以做作业。

伊伊说,回家你要骂我的。

李良生说,爸爸保证再也不骂你了。

伊伊说,不。

她的漠然、犯倔，明显隐含着伤心，这让李良生无措和犯愁。他想起刚才方琼老师讲述的事情，就狠狠抓了一下自己的手臂，想让自己牢记对她好一点。他说，伊伊，你看，爸爸掐自己一下，记住了。

伊伊没抬起头看，她说，我不回去，是你说不要我了。

李良生哭丧着脸，说，怎么会不要你呢？爸爸是在说气话，爸爸怎么会不要你呢？你是爸爸的宝贝啊！跟爸爸回去吧……

不。伊伊一边埋头写着算式，一边打断他的话，说，我不喜欢你这样子说话。

李良生不明就里。怎么了，自己现在态度这么好，她怎么又不喜欢了？他犯傻似的问女儿，为什么？宝贝。

因为很恶心。伊伊说。

这老爸的姿态突然降得这么低，确实让她不习惯，觉得太假。而且以前他从不叫她"宝贝"。再说，这也是对小宝宝说的话。她已经不是小宝宝了。他话风突转，让她受不了。

李良生苦笑了一下，说，好好好，爸爸不这么说了，伊伊，我们回家。

伊伊说，不好。有一股倔气好似在伊伊的头顶上升腾，在灯下弥漫。

有那么一瞬间，李良生真像面对着一个刀枪不入的橡皮小孩，怎么劝她都不再有用。这让他惶恐。他说，伊伊，你别像橡皮小孩，你不知道爸爸心里有多难吗？是爸爸不好，爸爸改，好不好？你就答应爸爸这一次。

伊伊不理他了,她继续在作业本上写写算算。

站在一旁的杨兰,实在受不了这前夫傻了吧唧地这么在跟小孩磨蹭,她想,演戏是吗?你就不能顺顺她,你想逼她啊?

她就打圆场道,好了,好了,李良生,我看,伊伊在我这里住几天换一下心情也好,你先回去好了。

李良生心有不甘,又拿这小孩没招,只好说,住几天?就住一天,明天回去住。

不。伊伊说,明天也不回去。

为什么?

不高兴。她短促地说。

为什么不高兴?小孩要放得下。

小孩才不开心。她说。

李良生瞅着这孩子,这一夜他意识到了自己的无力,他惶恐地怀疑:也可能,她才不管你大人难过不难过呢;也可能,她有自己的一套;也可能,这是单亲小孩的自我保护本能……

再次想起方琼老师刚才讲的事,他心里有了更深的忧愁,他以更软的口气劝她,伊伊,不可以这样,爸爸回家还有话跟你讲,爸爸现在懂了,刚才方老师、滕校长都批评爸爸了。

伊伊低头写字,没理他。但坐在沙发一角的那个女生,却理他了。

这女生之前一直背对这边在独自看书,现在突然站起来,转过身,扬了扬头发,面容漠然,她对李良生说,我就奇怪了,怎么她就不可以住这儿了?这个妹妹不是已经说清楚了吗,不回去，因为不开心。

李良生奇怪地看了她一眼，这女生年纪不大，但语气里有说不出味来的鄙夷。

货真价实的鄙夷。少年人对成人的鄙视。

伊伊抬头，飞快地看了一眼格格，又埋头做作业。

牛牛拎着一桶玩具汽车从楼梯上下来了，姐姐伊伊难得来，他哪肯去睡觉啊，他想跟她玩。他嘴里在说，姐姐，等你字写好，跟我玩汽车好不好？

4:1。在这个屋檐下，哪怕少数服从多数，李良生也只能暂时罢休，收兵悻悻离开，把女儿留下。

他跨出这幢豪宅时，特别伤心难过，心里在说，伊伊，我们家没这儿好，但那是你的家，你得跟我回去，爸爸会对你好的。

18

第二天晚上九点半不到,李良生就赶往安贝利学校去接女儿。

推着自行车的他在校门口碰到了也来接女儿的杨兰。

杨兰看见他,皱了下眉头。

他也皱起了眉头。虽然他预料到她会来。

杨兰瞪着他说,说好的,今天不是住我那儿吗?

李良生笑了笑,说,哪里说好了,我可没答应,否则我以后怎么管教小孩,动不动她就有地方可以躲避了。

杨兰心里哼了一声,你还管教哪?看你管得鸡飞狗跳。

她昨晚一夜没睡着,心里一遍遍过的全是这些念头:这个女儿如今无论如何得由自己来教养,小女孩性格养成阶段太关键了。不是有说法吗，女孩子找老公常会有意无意地参照自己父亲的样子，如果现在伊伊整天面对着的是这么一个爸，万一她以后参照这个爸怎么办？万一她以后养成了吸渣男体质怎么办？婚姻也砸在他手里，苦一辈子？

但在校门口，她害怕跟李良生争，因为身旁站着一堆来接小孩的家长。她只对李良生说了一句，那让伊伊定吧，注意，别勉强她，她在学校读了一天书了，也累了。

这时伊伊背着书包出来了。

她先看见了妈妈，因为杨兰在向她挥手，她脚步蹦了一下，向妈妈走过来，这时她也瞥见了站在一侧的爸爸。

她对老爸别过脸去。

李良生凑上前，小心翼翼地赔着笑，对她说，伊伊，我们回家去。

伊伊看了一眼老爸，没跟他说话，她要跟妈妈走。

她伸手拉住妈妈的手臂，意向明确。

杨兰怕李良生此时说出什么不中听的话，引得女儿当场哭闹起来，丢人现眼，跟电视上演的夺子大战似的，就连忙对失落的前夫说，好啦，好啦，在我那儿住几天。

是宽慰他的语调。意思是：别跟她较真，她是小孩。

李良生哪会听得进，他觍着脸，对着女儿的耳边说，奶奶和爷爷都在家等你哪，昨天的事爸爸都忘记了，伊伊最乖，懂事的……

没用，伊伊没往他的自行车上坐，径自走向妈妈停在路边的

白色保时捷卡宴。

李良生推着自行车，跟着她俩。伊伊感觉到了这老爸的执拗，这让她不安。

因为这里是学校门口，她怕他硬把她拖回去，这会让她很丢脸。她就紧攥住妈妈的衣袖，回过头来，对老爸轻声说，别烦，我今天不去家里。

李良生凑近女儿的小耳朵，说，给爸爸一个机会好不好，爸爸以前也没做过爸爸呀……

李良生对女儿低声下气的姿态，让杨兰心里有奇怪的感觉，心想，你当年对我都没这么示弱过，真是一物降一物。

这么想，让杨兰对这个女儿更为疼惜，对李良生更为鄙夷。

她还听见他在对女儿说："伊伊，你不是橡皮小孩吧？爸爸都这么说了，你总有点体谅爸爸了吧。"她听见伊伊回答："我不是橡皮小孩，你才是！"

李良生推着车一脸茫然。他想，我是橡皮小孩？

第三天，李良生继续去"安贝利"接小孩，他扑了个空，这天伊伊没在学校参加夜自习，下午放学的时候就被杨兰接回去了。

有意的。李良生心想，避我啊。

第四天，他依然没接到，伊伊依然早早地回妈妈家了。

李良生仿佛看见那张漠然的小脸后面浮现出一张大人的脸，是杨兰费心机的脸。

啥意思呢？这是解决问题的办法吗？不是。是想跟我抢啊。

他掏出手机，给杨兰打过去。杨兰在那头说，小孩这两天不想上夜自习，她身体不太舒服。

那作业怎么办？

杨兰说，家里刚好有个家庭教师何安娜，还有一个高中生尚格格，她们帮助指点一下作业，这没问题。

李良生拿着手机吼了，你有本事，还家庭教师呢！

杨兰说，李良生，别钻牛角尖好不好，你这副紧盯的样子，只会让她越来越怕你。

李良生心里嘀咕，现在这个样子，她就越来越嫌弃我了，她越来越嫌弃我，我以后怎么做爸？

夜色中的校门口，家长学生眨眼间就散尽了。

李良生乘着手机，听着杨兰在那头说话的调子，心里不舒服到仿佛这一步步都是她的设计。

她太会乘虚而入了，我是越来越被动了，从培训班费用、"安贝利"学费再到住到她家，想把我比得一无是处吗？果然是做生意的人哪，女商人哪！

李良生心里懊恼与自卑混杂，他放下手机，黯然离开校门。他对着灯光照耀的街道说，坑，早知道那天晚上不跟伊伊吵。

第五天，他在学校门口堵上了伊伊。伊伊像一颗倔强的子弹，不准备调头。

李良生说，为啥？你是跟爸爸的。

伊伊说，我要住妈妈家，妈妈可以帮我去选家委会。

伊伊说得没头没脑，但在李良生听来，自己这个爸快没得当了。

怎么，家委会？代你去？我是家长，牛牛才是她管的，她管好了牛牛吗？她眼里就挣钱的事，能管得好小孩吗？她代你去选家委会，那我呢？我这家长就不能去选了吗？

他神情别扭地对女儿说，伊伊，你是不要爸爸了吧？不是爸爸不要你了，是你不要爸爸了。

伊伊没吱声，她不喜欢他最近这样一种苦情腔调，让人感觉很怪。所以，不管他怎么说，她都不肯跟他回家。

这个晚上来接伊伊的是司机李虎。

杨兰因妈妈华蓉那边有些事要过去处理，就让李虎代她来学校。李良生看着女儿背着书包坐进车，感觉自己甚至都没争得过这司机。

不管李良生自我感觉有多糟，他毕竟是李子伊的爸爸，在学业的家校联系通讯录上，登记着的还是他的名字和手机号。所以，他手机上隔三岔五都能接到学校发来的信息。

比如这个下午，他就接到了开家长会的通知：明晚8点，四（3）班竞选家委会，希望家长都来参加，想竞选的家长上台演讲，然后集体票选。

李良生心想，她妈妈不是要去竞选吗？我去干啥？不去。但转念，又觉得不对，我干吗不去，我不去不就等于自行放弃职

权。我倒要去看看，谁说我不可以上去竞选的，杨兰唱歌跳舞出身，口才行吗？

结果第二天他去了，彻底趴下。

别说上台去跟杨兰争锋了，就连坐在下面跟那群家长比较的心思都没了影。都是些什么家长啊！

他们上台晒的履历一个比一个金光闪闪："我是毕业于伯克利的工程博士""我是海洋所的科学家""我和孩子他妈都是大学教授""我是阿里技术部门的高管""我在省委负责主要领导的秘书工作""我在摩根士坦利工作，主要研究数据"……

他们表达竞选意愿，强烈、恳切，还或隐约或直接地呈现了各自的资源，直指政府、科技、人文、媒体、演艺、股市、房产等等领域，让闻者心动。李良生自惭形秽。

别人的光芒，能照到你心底里的自卑。坐在教室后面一角的李良生，脸上就有牙痛的表情。这是选CEO吧？跟微信朋友圈家委会的段子简直一模一样。

也是啊，这是什么学校，我本来就不是坐在这里的人，一个屋檐下，隔着千山万水。

那么，上台去的杨兰呢？

开瑜伽馆的杨兰，跟那些金光闪闪的"牛家长"相比，虽也不太高大上，但好在她形象靓丽，自带光源，又学过戏，她还当场给大家唱了几句，表示有机会很愿意给小朋友传授一些戏剧知识。这一说法，为她开瑜伽馆的职业背景增添了些许"传统文化""文艺小资"的气息。而说到瑜伽，她笑着说，各位家长、

老师如果平时工作忙碌、疲劳,不妨来练练瑜伽,我很高兴给各位辅导。

结果,一圈票选下来,杨兰杀出重围,竟然上了。

刚上完夜自习课跟同学一起过来看爸爸妈妈开会的伊伊,在教室门口张望,她目睹了妈妈杨兰的荣耀,小脸兴奋得红通通的。

杨兰看见女儿,就欢天喜地走出去,跟女儿拥抱,又向坐在教室后面的李良生摆摆手,意思是:我们先走了。

李良生像个小孩子,咬着手指头,瞅着黑板上那些家长的名字发愣,心里倒是一反常态,突然心静如水了。

也好,连小孩都知道跟谁有肉吃了。

那是当然的,坐在这儿,就更会知道这一点。

此刻他对自己充满鄙视,别说别人或者前妻、女儿眼里那条鄙视链中的他了。

他沿着楼梯下楼,走到校门外,骑上车往建工新村方向缓缓而行。

算她妈妈能干,随她去。

在灯火照耀的街头,他心里黯然,仿佛已丧失当父亲的资格。

19

华蓉一个人住到玉山新村的出租房后，较少与两个忙碌的女儿联系。

杨兰也因为忙，好久没过去看她。

但这一天半夜，她突然接到了妈妈的一个奇怪电话。

华蓉在电话里说自己最近睡眠不好，心跳一阵快一阵慢，有时候没力气……

杨兰心想，都这么晚了，妈妈来说这事，是不是还想要住到我这边来？

但华蓉没表达这个意思，她接着说的是保健品的事。她说，好在我这两天买了几种保健品，效果好，吃下去觉也好睡了心也不乱跳了。

杨兰听着,有些警觉。只要你常看报纸、电视的民生新闻,你也会警觉。这些年,老年人买所谓"保健品"被骗的事不是时有发生吗?

于是杨兰就问了一句,花了多少钱。

妈妈在那头吞吞吐吐地说,花了2万块。

杨兰瞬间明白她为啥这么晚了还打电话过来,多半是她买了又在后悔了,心疼这钱了。但又不肯承认买错了,但又觉得不对头了,又想从女儿这边确认自己做得没错,又怕女儿怪她,但不跟女儿讲呢她又心里放不下……她这妈就这性格,心里永远纠纠结结,但表面上永远正确。

杨兰就问她妈,这是从哪里买的?

华蓉说,这是他们开讲座,我去听,他们当场卖给我的。

杨兰问,这事你没跟慧伦说过吗?

华蓉说,下午跟慧伦打过电话,她当时在幼儿园接小孩。

杨兰就知道这妹大意了,可能还真以为妈是来说药效好。她想象得出慧伦接孩子时那种一门心思在小孩身上的神情。

杨兰接着问妈妈,你听讲座,身上带了这么多现金?

华蓉说,他们跟到我家里来拿的。

杨兰脑子嗡嗡直响,说,妈,你别说了,我知道了。

她一边起床,一边对枕边的老尚说,我妈被人骗了,我得立刻过去一趟。

老尚说,这么晚了,你明天去说也来得及。

她说,不行,这不仅是被人给骗了的问题,那群人肯定把她

的地址、电话都搞去了，这事不赶紧处理，麻烦会没完的。

当晚，杨兰赶到玉山新村，一个位于市区的老小区。

从楼下望上去，杨兰看见自己给妈妈租的那套小房子还亮着灯，就知道她为这事睡不着呢。

见杨兰推门进来，华蓉有些埋怨地说，杨兰，我只是跟你讲了一声，你大半夜赶来干什么？这药对我效果是好的，虽然贵了。

杨兰最受不了她这样子，永远端着、扮着，不想让人看到她心里真正的犹豫和软弱。

杨兰让妈把药拿出来。

在出租屋昏暗的灯下，她看见妈妈拿出了两盒口服液、四瓶胶囊药丸，还有几袋奶粉、麦片。

杨兰端起一盒口服液，说，就这点？什么仙药？要2万块？

华蓉脸上有闪避的神情，但她又语气坚决地告诉女儿，很有用，吃下去人就舒服了。

杨兰冷笑了一声，哼，有用？

她知道她这妈一向节省，哪怕再有用，如果没被人蒙，她都不会去买。

于是她对妈妈说，你别像个小孩，一会儿跟我说东，一会儿跟我说西，你半夜三更打电话告诉我这事，就是为了说药效好？既然心里明明觉得苗头不对，那就坦坦白白地面对这事。

女儿这语气，让华蓉受不了，但她嘴硬说，是效果挺好的。

杨兰看到了她眼睛里的心虚。

杨兰就有些恼火地说，反正你都对，永远对，那你半夜跟我说这事干啥？我倒给你看看这些东西到底要多少钱！

杨兰一边说着，一边对着桌上的那些"保健品"，飞快地用手机搜，给妈妈看。

网上一盒200块，面前的这一盒则是2000块。

杨兰说，你给我讲到底是怎么回事？

华蓉说，上星期有一个电话打进来，很热情的，说是政府关心我们独居老人，让我们去南海大厦听健康讲座。以前我也接到过这样的电话，但怕麻烦我都没去，但这一次打电话的人太热情了，一天打了好几次电话过来邀请，还说有五谷杂粮可以免费领取，我想还有东西领哪，就去了。我是按电话给的地址，去到了南海大厦三楼，果然那里有讲座，上台演讲的医生真有水平，说自己是部队的。讲座结束后，他们还给我免费做了体检，说心血管有问题，还做了脑电图，说有好多黑洞，一下子我就有些怕了，他们就给我推荐了他们的保健品，还送了我麦片、奶粉，他们态度是很好的，还打车送我回家。

杨兰说，你自己不是护士吗，好歹也是医务人员，会信他们的话？

华蓉嗫嚅道，这两天，他们还有一个女工作人员上门来，给我送了一盒鸡蛋和一袋糯米，问长问短，很热情的……

杨兰说，哼，连你自己女儿都忙得没时间问长问短，连慧伦都没耐心听你讲"保健品"的事，还有人有空在你老人身上花力气？还不是想打你那两个钱的主意！

第二天一早，杨兰就去派出所报警。

哪想到，一进派出所，看见一堆老人和他们的子女都在报案。

有买"保健品"上当的，也有向陌生人汇款出去的。

一位男警皱着眉，说，怎么又上当了？都多少年的老套路了，我们都提醒了多少年了，没看新闻吗，没看社区里的提醒吗？

这言语里，有遏制不了的可怜和鄙视。

是啊，什么脑筋。杨兰站在一旁，心里同样懊恼，对于这些老人。

有两个老人在说，可能是没钱了一辈子，听说有免费的东西发，加上那些人太热情了，就上当了。

那些人确实是很热情的。警察瞟了一眼他们，讥讽道，热情到比你子女对你还要好、还要体贴，还要会拍你的马屁！他们花在你身上的精力不要成本吗？以后不认识人的电话不要接了。

一位中年女人表情愤然地说，我昨天把家里的座机给拆了，我妈这都第3次上当了！

杨兰说，拆了也没用，我妈的手机号给他们搞去了。

杨兰将华蓉的情况登记完，看这一屋子人，就知道没这么快能把钱拿回来，警察处理可能都来不及。

于是，她赶往玉山新村，拉上妈妈华蓉，带上那些"保健品"，直奔南海大厦，自己交涉去。

在走进大厦之前，她给一个如今在当警察的初中男同学打了

个电话,说了这事,并问他,如果我和我妈被他们控制了出不来的话,我发微信给你,你能出警吗?

男同学在电话那头答应,并笑道,我带手铐过来,正好直接铐走。

杨兰在走进南海大厦之前,还对妈交代,你得拿出胡搅蛮缠的劲头来,让他们觉得这大妈会寻死觅活,这样他们才可能把钱还给你。

其实华蓉不需要女儿提醒,从昨晚到现在,她已寝食不安。

于是,母女俩走进去跟那些人交涉。

那些人对于有人找上门来,竟从容不迫。他们对杨兰说,这保健品效果好的,你让你妈吃一阵子会体现出来的。

华蓉愤然说,我吃了反而睡不着了,你们把钱还我。

杨兰仰脸微笑,问他们,啊,吃一阵子?

他们点头,眼里一片真诚,说,对的。

杨兰笑起来,指着她妈华蓉对他们说,呵,你问过她那几个退休工资吃不吃得起?你妈有多少退休工资?你告诉我。你有没问过你妈她吃得起你的保健品吗?

她笑着拿出手机,噼里啪啦对着这屋子里的这些人拍了一通照,随后告诉他们,不还钱的话,我现在就让我做警察的同学过来一趟,看看怎么处理。

结果,他们还钱。

华蓉付出去的那2万块钱,被杨兰要回了1.8万。

经过这一通折腾,华蓉像从一个坑里灰扑扑地出来,松了一口气，但又万分尴尬。她跟在杨兰的后面走向楼梯，觉得好多人都在打量自己，都在笑话这人像个笨蛋，她简直无法直视女儿怒气残留的脸。

华蓉心想，这错误太低级，真要被她看不起了。

她就是这样的老太太，在人前总是端着，但是，一旦被人尤其像这样被自家女儿毫不留情地揭穿了虚怯之后，她又瞬间陷入对自己的自卑。

其实，好多老人也都这样。

在从南海大厦回玉山新村的路上，华蓉坐在女儿的车里有点哀声叹气。她说，杨兰，还是你厉害，我老了，没用了，我当医护人员，还上这个当。

杨兰把妈妈华蓉送到玉山新村后，又独自去了一趟社区，因为她想到妈妈这住址也被那些人知道了，怕他们日后再缠上门来。

她走进社区办公室，告诉工作人员自己老妈被人骗了，请求他们帮她看着点她妈，别让那些卖"药"的人走近她妈。

社区工作人员对此类事早已见多不怪。他们答应杨兰，帮她看紧点，但也提醒说，老人太寂寞，缺爱，像老小孩一样，做子女的要多关心他们。老人在家没事，听到有电话打进来，心里有期待，以为这世界还有什么好事惦记着他们去干，这样的心态，接到诈骗电话还不容易上当吗？

杨兰听罢，转身又回了妈妈的房子，就一把拔掉座机的电话线。她断然对华蓉说，从今以后，哪怕手机来电，不认识的号码

也别接。

接下来的几天,杨兰跟妹妹轮流隔两天回来看妈妈华蓉一趟,以免被人乘虚而入,抢走老妈寂寞着的情感和她的那点退休金。果然,有一天中午,杨兰还真堵上了一个卖"保健品"的家伙。

那人正站在单元门口,在按妈妈家的门铃。

杨兰指着他说,你给我离我妈远一点!再让我看到,我就报警了!

在杨兰疲于奔命的生活中,老妈被坑,让她糟心,但也让她有了一点额外的收获:老妈终于在她这个女儿面前跌倒了一次,从不承认自己会犯错的老妈终于认了一回。

还因此,杨兰发现,最近这阵子,妈妈华蓉在自己面前有了点露怯的意思,只要自己的声音提高了点分贝。除了露怯,这老妈还露了一点负疚的神情,只要杨兰多赶回去看她几次。

显然,这是因为她也知道这个女儿忙,自己这是给女儿增乱、添堵。

过了几天,杨兰给老妈配了一部智能手机,下载了几个新闻APP,让她每天看新闻。

她对妈妈说,看新闻就当防骗吧,这世界变化多快啊,哪怕你这个年纪,不学习,也会重新变回小孩,啥都不懂,被人骗。

华蓉抱着这只手机,觉得很高级。她难得幽默了一次,说,好吧,你当我是老小孩吧。

20

女儿伊伊去了前妻家之后,李良生依然跟父母住在建工新村。家里少了一个小孩,突然安静下来了。

因为安静,屋檐下的三个大人都在想念那个小女孩。想念她的声音,想念她坐着写字的小背影,甚至,想念她因动作慢被爸爸责怪而发出的争吵声。

那片吵吵嚷嚷的声音,一旦没了,反而不习惯了,这屋子里也好像空了,少了过日子的烟火气,心里也缺了一块。那间小得可笑的由阳台改造成的小屋,突然间让人觉得陌生。

有一天,李良生在小书桌前坐下来,百无聊赖地翻着教辅书,翻着翻着,他就对着一道习题做起来。

这一做就有点停不下来。

他有点想笑，呵，哪天她做不出了，跑回来问我的话，我还能接得上。

李良生在纸上算啊、写啊，寻找解题方案。如今小孩的应用题可不太好搞定，比他自己小时候这个年龄段学的要难。他绞尽脑汁，以伊伊四年级的思维去对付它们。

一连几天做下来，他还真把夜晚的自己恍若做成了一个小学四年级的小孩。

这也成为他在晚上打发时间的消遣。反正，最近几次相亲都不靠谱，还是在家做题吧。

他妈韦红霞还给他煮了一碗点心端到小书桌前，刹那间真像时光倒流，回到了从前读书的小时候。

这日子是怎么在过的，好像才一眨眼，又换了一代小孩在做作业了。

这样做题的夜晚，他还会在心里发问，伊伊现在是在"安贝利"夜自修呢，还是在她妈家里？她在做作业吗，做得出吗？她有去问老师吗？

难言的忧愁和茫然。

生活在对失意者做着调剂。李良生黯然的生活中，也有透进光亮来的一刻。比如，现在每天傍晚，李良生开车送头儿林燕喃去幼儿园接她儿子康康的时候，他有可能在那儿看到自己的儿子牛牛。只要牛牛还没被保姆何安娜、司机李虎接走，他都能看见他。

牛牛也看见爸爸来了。

刚开始那会儿,牛牛还有些吃惊,小脑袋里在打转:爸爸怎么来了?今天我没闯祸,老师没叫他来呀?

后来,他注意到了爸爸是跟着康康妈妈一起来的。

他想,我今天没碰康康。

在牛牛这么想着的时候,爸爸李良生向他走过去,抱他一下,问他今天乖不乖。

牛牛点头,脸上有一点腼腆。

是的,他跟这个爸爸不是很亲。这几年,他跟这个爸爸都是一月见一次,一次才两小时。而且,以他小孩子的直觉,他感觉到了妈妈跟这个爸爸是不好的,所以在这个爸爸面前,他一向是有点拘束的。

而现在,这个爸爸开始天天在幼儿园里出现,天天向他走过来,把他抱起来,生疏感就在消退。

牛牛有点期盼这个爸爸的到来了。

当爸爸进门的时候,他就顽皮地躲到廊柱后面或教室门框后面,向爸爸扮个鬼脸,或伸出猫爪般的小手,隔空对他抓几下。

李良生就大叫一声"牛牛",张开手臂,向他走过去。

牛牛也一天天在向爸爸挪过来。他皱着小鼻子,好奇地问爸爸,你为什么天天来?

李良生说,因为爸爸可以来看你呀。

李良生有那么点伤感,赶紧又对儿子说,现在爸爸做康康妈

妈的驾驶员了。

牛牛问,是她大,还是你大?

如今幼儿园小朋友都知道谁大谁小的问题了?李良生脸微微红了一下,说,当然是康康妈妈大。

牛牛也只是一问,没太在意这个问题,或者说,这问题对于他,也就跟游戏里的角色比大小差不多。他只是知道了,爸爸做驾驶员了之后每天能来幼儿园。

这样,每天下午的时候,牛牛就真在等爸爸了。

有一天,李良生抱起牛牛的时候,牛牛要他猜一个谜语。像所有的调皮小孩,他想难倒大人。

牛牛问"白嫩小宝宝,洗澡吹泡泡,洗洗身体小,再洗不见了",你猜,是什么?

李良生装作猜不出来。

小孩就很开心,告诉他说,是香皂。

第二天下午,李良生来幼儿园的时候,也给牛牛带来了一个谜语。

李良生说,"两只小口袋,天天随身带,要是少一只,就把人笑坏",你说,是什么?

这样的谜语,不会难倒牛牛。果然,牛牛得意地笑起来,说,袜子。

第三天,李良生来的时候,带了一个笑话:两颗玉米决定结婚,婚礼的那天,新郎找不到新娘了,他问一直跟在自己身边的爆米花,新娘呢?新娘去哪儿了?爆米花说,讨厌,我穿着婚纱。

婚纱。牛牛惊奇地睁大了眼睛,然后咯咯地笑,像个快乐的小疯子。

看他这么开心,李良生好像发现了新大陆,知道了哄牛牛开心的秘笈。每天来幼儿园,都精心准备给他猜一个谜语,或讲一个笑话,或讲一个小故事。

很显然,在傍晚去幼儿园接孩子的时间里,李良生能这么跟儿子交流一小会儿,是因为林燕喃有意给他留出了时间。

她知道了他的隐痛,所以看他在跟儿子这么开心地说话,她也就不急着回去,当然,这个时候她自己也正好陪康康在幼儿园草坪上玩滑梯。

于是,与儿子牛牛说笑,成了如今李良生每天最享受的时刻,他发现了与儿子增进感情的秘密通道。他开始用心去搜集谜语、笑话、小故事。

他要用最有效、最快捷的语言,讲一个小故事,或一个笑话,引小孩笑。

结果,"引娃效果"越来越有效。

每次没讲完。牛牛嘴里问着"然后呢",恋恋不舍地被何安娜带走了。

第二天李良生去的时候,儿子已在等了,看见他进来,儿子伸着手臂,像小兔子一样飞奔过来,小脸笑嘻嘻的,嘴里在问,然后呢?

几天下来，李良生掌握了第二个诀窍：要想效果好，故事必须有连续性，难怪《一千零一夜》让国王都收起杀心，欲罢不能。

接下来的日子，每当李良生走进幼儿园，就看见儿子向他伸着小手，像在讨东西似的说：讲。

因为这"故事时间"，现在连陈瑶园长和小唯老师都发现了牛牛每天在等爸爸来。到下午的时候，这小孩就在往大门口看了。

甚至，陈瑶园长还感觉到了，因为有爸爸要来，这小孩变得好说话了，只要你对他说，爸爸下午要来哦，你要乖点，他就点头。而你问他，爸爸给你讲什么故事？他就咯咯笑。

他才不会跟你讲爸爸的故事里有他自己呢。

确实，他听话了不少，脾气也稳定了不少。

陈瑶对小唯老师说，看样子这个爸爸素质倒是比妈妈高，他一带，效果就好。

21

　　李良生能感觉到头儿林燕喃对自己的怜悯。但随着时间的推移，他发现，其实更需要被人怜悯的是她自己。

　　有一天，他听见陈瑶园长在对她建议：康康最好在我们这儿多待两年再去上学，他的反应能力比同龄小朋友慢了两年左右。

　　他还注意到，无论林燕喃去哪儿出差，她都会尽一切可能于当天返回，哪怕是去北京、广州，也是早上飞去，傍晚飞回。

　　所以有许多个早晨，李良生一大早开车送她去机场，搭乘早航班，到下午2点的时候，他又赶往机场，去接飞回来的她。

　　真是打了个飞的。

　　怎么会这么快？事办完了吗？

　　当然办完了。林燕喃看着李良生把她的拉杆箱放进汽车后备箱，笑了一笑，告诉他，谈完就立马返身，这样我还赶得上去幼儿园接康康。

李良生注意到，每次出差返回后，林燕喃都让李良生直接把她从机场送往"安贝利"，去接康康，时间正好。

李良生问过她，为什么要这么赶？

她说，家里那位管不了小孩。

他笑了笑，说，好像有点夸张，要你这么赶。

她古怪地笑了笑，说，没办法，我放不下小孩。

他说，那也得放下。

她轻声叹了一口气，说，放下不了啊。他不仅管不了，还要管坏的。

她说的"他"，自然是她的老公。她这老公，李良生见过，但没说过话，有时他送她回家的时候，在她家楼下单元门廊里打过照面。

那是个清瘦的男人，像一片单薄的叶片，隐现在单元门廊的阴影里——他在拿报箱里的书报，或抽烟。当他侧转过头，看着老婆从车里出来的时候，坐在车上的李良生注意到了他的苍白、忧郁。

接下来的某个星期天，林燕喃让李良生送她去"安贝利"，因为陈瑶园长有事想要跟她好好聊聊，选择了休息天。

从陈瑶的办公室出来的时候，她悲戚的神情引起了李良生的注意。李良生没敢多问，因为他知道这与康康的问题有关，甚至，连基本的猜测方向都有数。

其实谁会没数呢——你没见这女人每天在公司像"女魔头"一样高速运转,忙碌成这样了,还争分夺秒地为这小孩花这么多精力,如果没有特别的问题,得这样吗?

可见这小孩是她的命,也可见这被称为"淡定哥"的小孩有什么状况让她放心不下,还可见她家的那位确实不太给力,让她几头同时奔突,劳心劳力,看着都让人觉得累和苦。

从幼儿园出来,李良生开车送林燕喃回家。车过丽晶广场,他透过后视镜瞥见她在流泪。

他觉得不劝她不行,就说,林总,别太着急啊,小孩长大了,都跟得上的。

林燕喃揩了一下眼睛,说,不好意思,我有点受不了,我老公怎么回事啊?她从刚才陈瑶园长对她讲的事情里挑了一桩,讲给李良生听。

她说,上周父亲节,幼儿园搞了一次主题活动,布置给小朋友带回家的题目是"跟爸爸一起玩",游戏形式不拘,但需要拍成视频,传回幼儿园,最后与所有小朋友一起分享,以增加小孩对"父亲"角色的认知。蛮有意思的一个活动。

她擦了一下眼睛,继续说,因为是"父亲"主题,我觉得这刚好是个机会,能让我老公跟康康好好互动一次,平时他这个爸不管小孩,对小孩也是没耐心的。小孩看他整天阴沉沉的,害怕。所以这道家庭作业,布置得挺及时的,能增进他这个当爸的和康康的亲近感。我想,做这点事对他总不成问题吧,本来就是"父亲"主题嘛,男人的事,我就把作业交给了他,没再多过

问。但哪想到,刚才在陈园长这里,我看到他传回给幼儿园的视频那是什么鬼啊:他跟康康一起站在玻璃窗前,呆呆地看着一只飞不出去的苍蝇,父子俩看了半天,然后,一起抓玻璃上的苍蝇,最后把苍蝇拍死在玻璃上。

李良生听着,觉出一种说不出来的味儿。他不知道怎么评价人家老公。前方拥堵的马路,一路全是红灯。

林燕喃说,我的脸早被他丢尽了,他这是什么人啊?

她自嘲似的冷笑了一声,说,呵,当然,他拍的这个东西,也够真实,跟他整天在家里挑剔我、抱怨我、骂我,吓得小孩不敢多吱声是同一个质地的东西,很真实,这就是我家里的空气。康康的情绪、心智受他影响了。

李良生不知怎么劝。后座涌过来的悲哀,让他不知所措。

他听见她在说,李良生,你这就知道了吧,为什么我总是放不下康康。

他支吾了一句,算劝她,说,可能是你们气场不对。

他还问了一句——"那你跟他是怎么认识的呢?"

林燕喃没在意他这问题中有那么点小小的八卦心,她之前也跟别人说过这事,所以这回也没闪烁其词,直接说了:谁家都有烦心事,我的烦心事是我没长眼睛。可能是那时觉得他斯文安静,与我不一样,有吸引力;也可能是觉得他书读得多,啥都懂;还有可能是我有点图他爸爸是当时农业厅的领导,总而言之,就喜欢他,嫁给了他。他当时在单位图书资料室上班,一个大男人待在那儿,只要待得住,心态好,我无所谓,我倒不看重这些；但结婚后我发现他其实是一个两面性格的人——确实挺文艺，但小肚鸡肠。他在外面看上去好说话，但会把自己的不开心带回家，会控制不住地把不顺、郁闷、多疑发泄到自家人身上。他嫌朝九晚五坐在图书室里气闷，钱没几个，并且女同事多，是非多，就不想去上这个班，结果就真退回家里，一心一意炒股。

李良生握着方向盘，心想，杨兰在别人面前说起我这个前夫，会不会也是这个调调？嗯……我总比他好些，至少我不会拍"打苍蝇"这种怪视频。

林燕喃不知道李良生在想什么，继续说，炒股，呵，结果呢，钱倒没炒到几个，却把自己给封闭起来了，他原本性格就有些封闭、敏感，这下，一天天足不出户，就更自闭了。你让他别在家里闹了，他就告诉你他可能得了忧郁症。那就去看医生吧。他又说没病，说是我如今看不起他了，在嫌弃他。他变成了渣男，或者说他本来就是渣男，现在暴露了。为了家里的空气和康康，我让他，不跟他吵，但他仍然可以一天给你好几种脸色，甚至几天不跟你们说话，阴着脸，让人无所适从。康康胆小、情绪低、动作慢，都是他影响的……

李良生说，你赚得比他多，每天比他累，他还怪你？

林燕喃在擦眼睛，泪水在涌出来，她说，他自卑，在嫉妒我。

既然如此，为什么还要一起过呢？

李良生当然不会这么直接问。但这确实是个问题。过不到一

起去，那就离吧，如今离婚的人遍地都是。李良生自己不就跟杨兰离了吗？

离呗。他想。

林燕喃自己倒说出来了，她说，也有人劝我离，我不是没想过，但是没这个可能，如果我跟他离婚，他说了他会去死。还有，我不想让康康没一个完整的家，康康都这样了，他得有爸爸。

接下来的一天晚上，林燕喃在香轩餐厅参加一个商务宴请活动。

餐厅外，司机李良生坐在车子里，等晚宴结束送她回家。透过车窗，他看见了一个清瘦的身影站在对面的竹林边，向餐厅张望。

李良生心里有触电般的悸动，他认出了那人，林燕喃老公。

他在盯梢呢，不放心她。

22

有一封寄给杨兰的信,被寄到了她原先的工作单位市越剧团。

老同事张丽雅午休的时候从越剧团出来逛街,顺利将信送到了心香瑜伽馆。她笑呵呵地对杨兰说,寄到我们那儿了,可能是你的粉丝吧。

杨兰接过来,看了一眼,寄自湖南。她对张丽雅笑道,我又没演过什么戏,哪会有粉丝?还是湖南的,更不可能了。

这年头人们已经很少寄信了,所以张丽雅走后,杨兰好奇地拆开它,见满纸娟秀的笔迹。她想,还写了这么多?

她就读起来。

那些字渐渐在她的视线里扭动,她有些读不明白。

她看了一遍，二遍，三遍，心跳。

写信的人叫宋红，她说自己是杨兰的姐姐。她在信里写了这样一件事：38年前，一对来自江苏的彭氏夫妇在新疆生下一个女婴，因为家中已有两个小孩了，就把女婴送给了一对从湖南来大西北支边的夫妻，丈夫姓宋；两年后，彭氏夫妇又生了一个女婴，同样将她送给了别人，是一对来自浙江的夫妻，那家男的，姓杨；再几年后，彭氏夫妻离开新疆回了老家南通，湖南夫妇一家则返回了原籍地株洲，再后来，那对浙江夫妻也调回了江南沿海。自此，三家人彼此就没了音讯。

"杨兰，我就是第一个女婴，你就是那第二个，我们是亲姐妹。"宋红写道。

宋红说这些事是上个月她妈在弥留之际告诉她的，而她爸7年前已在株洲去世。她说自己这才知道原来朝夕相处的爸妈竟然是养父母。她想不明白，为什么妈妈在临走前要告诉她这个？

"也可能是她想告诉我，在她走后我不是孤儿，我还有兄弟姐妹在这世上，甚至亲生父母还可能活着。"她写道。

宋红说妈妈还告诉了她亲生父母的姓名，他们老家的村名。这村名被写在一个旧信封上。

杨兰揉着眼睛，盯着下面这段文字发愣：

杨兰妹妹，可能你早知道了这个秘密，也可能你还不知道，听我这么说你很震惊。你最好别怪我来找你，别怪我扰乱了你的心，我绕了好大一圈，好不容易才打听到你这个妹妹的下落，因

为好奇，也因为心里的吃惊，也可能，这是冥冥中血脉的指向，让我来找你们。我想自己在这世上还有兄弟姐妹哪，有机会我真想看看你们。

杨兰觉得有些冷，她走到窗边，希望一缕穿窗而入的阳光落在身上，能让自己暖一点。她面容木滞，微张着嘴，在阳光下再一次盯着那些字迹。

这是真的吗？

如果是真的呢？

她眼前晃过妈妈华蓉、妹妹杨慧伦的脸，她还瞥见了那个像小灰猫一样的自己站在时光深处的黯然身影——饥渴于爱，在意于妈妈对妹妹的偏爱，渴望妈妈能过来抱抱自己。

难怪啊……

她感觉心乱，攥着信纸的手在微微发颤。

如果是真的，那会怎么样？

现在还不知道。但以她的直觉，如果是真的，这将颠覆她对与妈妈华蓉、妹妹杨慧伦情感关系的所有认知。

那又会怎么样？

她开始心乱如麻，心里像倒翻了五味瓶，怅然、感激、埋怨、忧伤……一时辨不清。

她用颤抖的手掏出手机，按照信上留着的那个手机号码打过去。

那头传来一个中年女声。

喂，您好，你是宋红吗？

23

杨兰被远方来鸿震惊的这一刻,离心香瑜伽馆两个街区的安贝利国际双语学校里,陈瑶园长正走在通往二楼书画教室的楼梯上。

拐过楼梯转角,她也被震了一下,因为这样的一幕:

中午偏南的阳光将二楼走廊照得半明半暗——左侧埋在阴影里,右侧沉浸在明媚的阳光中。明暗相间的这条走廊上,空静无声,只有一个小小的背影正在忙碌,他将原先摆放在左侧的花盆,一盆盆地搬到右侧的阳光地里,让这些雏菊、百合、月季、蟹爪兰们能受到太阳光的照射。

陈瑶园长吃惊地停住了脚步,她眯起眼睛,认出来了,这个小背影。

这阳光笼罩的小孩、花草和长长的走廊，让她心里有暖暖的气息升起，呼应这午后的阳光。

这半明半暗相间的走廊里，因为有它，仿佛一下子暖气氤氲，飘起无数光圈。它们暖暖地浮动在空中，美好、静谧，让心里软成了一片。

她想，就冲着这一刻的这个背影，你几乎可以原谅他平日里所有的调皮和乖张。

她想，这场景是一幅最好的画，该拍下来的画。

她想，这条走廊每天也就中午这一个多小时能晒得到一点太阳。这小孩，这么看过去，多绅士啊，细心，好心好意，对花，对这周围的一切。

她冲着这小背影叫了一声，嗨，牛牛。

牛牛转过头，放下花盆，叫着"园长妈妈"，飞奔过来。

陈瑶俯下身问他，你在干吗？为什么不叫其他小朋友一起来帮忙。

牛牛抬起头，在阳光中眯起了大眼睛告诉园长妈妈，其他小朋友在游戏室里自由活动，等一会儿他们会跟小唯老师一起上来搬的，他先来搬，是怕万一等会儿轮不到。

他还告诉园长妈妈，小唯老师说过每个晴天也就中午这一点时间走廊上的花能晒到太阳。

陈瑶园长笑着伸手点了一下他的小鼻子，说，哎哟，原来还要抢的啊，牛牛真好，园长妈妈真喜欢你。

24

杨兰与那个写信来的姐姐宋红相约本周六一起去一趟南通。

根据约定,宋红将从长沙飞到上海,再坐大巴到南通,跟坐动车前往的杨兰在南通客运站会合,随后两人一起去乡下寻亲。

在杨兰去南通的前一天夜晚,保姆何安娜突然来找她请辞。

杨兰对着安娜皱了一下眉头,心想,上周你来表达过你的困难和情绪了,我不是已经处置安妥了吗?不是已经摆平了吗?

确实,上周何安娜对杨兰诉过苦,说,家中一下子多了两个小孩——格格和伊伊,三个孩子,三种年龄段,三种学业进度,自己负担太重,管教和辅导工作不好做,太累,自己本来只是来管牛牛的……

当时杨兰就立马同意给她加工资,每月多付3500块。

怎么，今天还想走人呢？还想要加钱吗？杨兰心想，再加多少呢？

杨兰猜错了。何安娜今天不是来要求加薪的，她铁了心要走。

因为，她发现在这家管小孩太费心。这家大人太忙，平时顾不上小孩，三个小孩各有性格，还各有各的背景和牵连，从某个角度看，三个都是倔小孩，像小橡皮人似的。他们不爱听你的话时，刀枪不入，处理关系不简单，这让她心累，所以，干吗要在这里做下去呢？就她这专业，换个东家轻而易举，如今满世界的妈妈找不到好保姆呢。

杨兰见安娜一心要走，也不敢用力太猛地留。

人与人的情绪都是互相触发的，如果彼此真有什么不适，勉强的话，最后可能会惹出抵触和大麻烦。前不久那条"杭州保姆纵火案"新闻就让杨兰心惊又难受。

所以，她对这些职业保姆也是有点怕的。

她赶紧同意何安娜辞职，笑道，谢谢你，我知道你这阵子不容易，带三个小孩真的是辛苦你了。

这个晚上看着何安娜转身离去的背影，杨兰突然有点想念玉芬。她想，虽然玉芬文化水平低了点，但对牛牛还是真的爱的。

何安娜第二天一早就要走人，而杨兰第二天要去南通寻亲。

牛牛怎么办？帮管的人手都接不上了，而老尚在北京出差，要后天下午才回来，那么明天怎么办？

好在明天是星期六。

杨兰盘算：他们仨小孩明天都在家，最多明天上午伊伊有一个培训班要去上课，可以让李虎接送；其余时间让三个小孩都待在家里，格格、伊伊大一点，请她们带一下牛牛，让她们在做作业之余，陪弟弟玩玩，这应该没问题。熬过这一天，后天下午我也回来了，回来再想办法。

第二天一早，杨兰坐动车去了南通。

妈妈出门后，伊伊被司机李虎送去学优海上课，中午回来一进门，就看见弟弟坐在楼梯上哭泣。

伊伊放下书包，问，牛牛为什么哭？

牛牛说，格格抢我的《秘密花园》，她抢去了，她在画。

伊伊往楼上去，想去问格格讨回来，但转念想了想，还是算了。

她就在弟弟坐下来，说，别哭，姐姐给你讲故事。

她给他讲她最喜欢的《千与千寻》。果然，才一开头，弟弟就不哭了，支起眼睛问她：爸爸妈妈变成大肥猪了？

伊伊没上楼去跟格格讨书，这是因为这些日子以来她发现，自己在格格、牛牛这对脾气不合的姐弟之间位置有点微妙。

是的，初来乍到的伊伊甫一进这个家，就跟保姆安娜一样，迅速注意到了这对异姓姐弟的犯冲：格格是不会让牛牛的，还常惹他哭；牛牛对她也是抵触的，一方面避闪，一方面使坏，比如把他的小袜子放在她的毛巾上，把不知从哪里抓来的蟑螂，丢在

173

她的脚边，吓得她惊跳起来……

如今伊伊像第三个音符跳进了这屋檐下的家庭乐章，她就得面对与另外两个小孩的关系问题。

伊伊如今对这个弟弟是好得不得了，以前是一个月才见着一次，后来转学到"安贝利"后，可以时不时地越过铁栅栏去看看他，而现在呢，则是每天都能看见他。这本身就让伊伊感到高兴。再说，这个弟弟多可爱啊，他每天要等她从"安贝利"夜自习回来，跟她玩一会，才肯去睡觉；他还老爱逛到她的房间里来，看着她写字，问长问短，然后眼巴巴等她写完跟他玩。这个弟弟还像"故事狂魔"，要么向你讨故事，要么非要讲给你听，他讲的是些什么啊，"牛牛大闹动物园"。哎，故事里怎么会有你自己呢？她问。牛牛脸红了，说，本来就有，爸爸讲的。她眼前就晃过老爸李良生那张苦脸，她说，哎，他骗小孩，他可骗不了我。

伊伊如今对牛牛的好，好到可以让这屋里其他人都自愧不如。

伊伊可能记不得了，五六年前在原来那个家，妈妈怀着二胎的时候，她还哭闹着不要小弟弟。后来小弟弟出生了，看着妈妈整天抱着小弟弟，她也要妈妈抱；看着弟弟小摇床上的摇铃，她也要；看着小弟弟在吃奶，她也想要……这些事她现在当然不记得了，那时候她还多小啊。

不仅不记得了，而且，她现在看见高中生格格在跟弟弟抢奶瓶、玩具、动漫书，还觉得超级搞笑。

现在她可不会跟弟弟抢,因为,她知道她是这个家的客人。她还知道,像现在这样每天能跟弟弟待在一起的时间可能不会太多,爸爸随时会过来把她带回去。

如果被带回去了,以后又是一个月才跟他玩一次,玩完后如果他想要她跟到他家里来,大人又会很为难的样子。

这就是目前伊伊与弟弟牛牛的关系。

至于那个尚格格,伊伊对她的感觉,则跟弟弟全然不同。她感觉到了这个姐姐对她莫名的好感,甚至能感觉出这个姐姐一天天向她走近的步履。

说真的,伊伊对这个姐姐也蛮有好感的,自打那天晚上她走进这个家门起。那天晚上不就是因为格格帮她反问——"她为什么不能住在这里",结果让李良生无奈地走了吗?

那个帅劲,不能不让伊伊服帖。

还有,有时候伊伊作业不会做,去问这个高中生姐姐,总能得到帮助。

当然,这个姐姐自己对考试、作业什么的倒是挺满不在乎的。伊伊发现,这个姐姐只喜欢音乐、电影,还说以后最好能当歌星,去美国学音乐。她这洒脱派头,让整天埋在作业堆里的小女生伊伊膜拜。

这个姐姐还对伊伊说过,我发现了,我们俩很像的,所以,我建议你,如果你爸再来要你回去,你得像姐一样挺住,别走,凭什么啥都要他们说了算,这里的平台不一样。知道什么叫平台吗?

伊伊不懂，但点头，因为她打着手势说话的样子，确实很酷。

可见，格格与伊伊目前还是彼此对得上眼的。

这就让伊伊有时处在了格格、牛牛姐弟俩的"三夹板"里。

所以，伊伊就以她小女孩的直觉在拿捏。像此刻，她就没卷入格格、牛牛姐弟的纷争中。她坐在楼梯上给牛牛讲故事，分解弟弟对《秘密花园》被抢的纠结。

在伊伊给牛牛讲故事的这会儿，楼上的格格正飞快地用手指戳着手机屏，在点外卖。

否则中午吃什么呀？

她先点了鲜芋仙，一份仙草、两份芋圆。小孩都爱吃的东西。然后，她下楼问另外两小孩，还想吃什么？麻辣烫？烧卖？寿司？

麻辣烫。伊伊想尝一下这个。因为以前住爸爸家时，大人没给她吃过。

牛牛说，我要吃比萨。

伊伊问格格，你说呢？你定吧。

格格说，我无所谓，我要保持身材，芋圆就够了。

麻辣烫对嗓子不好。格格告诉伊伊，然后她看了一眼牛牛，让他一次，说，好吧好吧，就披萨吧。

她飞快点下至尊海鲜比萨。

20分钟后，外卖小哥把东西送来，三个小孩就开吃了。

格格真的只吃了一点芋圆,没碰那块比萨,她有些同情地看着面前这对小姐弟吃得美味极了的样子,说,呵,我妈做比萨比他们做得还要好,真的。

牛牛嘴边拖着长长的芝士丝,问,那你干吗不住到你妈那儿去?

格格没理这小屁孩,她皱眉,似笑非笑,对伊伊说,伊伊你知道吗,我妈做得一手好菜,但她是个"黏娃狂人",会像比萨里的芝士丝一样,紧紧地黏着我,一刻不停地盯着我。我打一个喷嚏,她都会紧张地问,你身体怎么了?她的眼睛里全是我。我说你别总缠着我。她说她是全职妈妈,当然以我为工作对象啦。装得好像我有多么需要她对我做这工作似的。其实是她需要我。你说她这么盯牢我,我会受得了吗?我都这么大了。

伊伊想笑,这"黏娃狂人"的叫法有点好玩。

牛牛没听太懂,他张着嘴,知道她是在说她妈的坏话。

格格瞥了一眼牛牛,对伊伊说,你说我能回去吗?我妈可能有躁郁症,我敢断定,如果我不劝她离婚,她可能早得了。

她笑了一下,说,伊伊,我妈跟我爸没离那阵,他们天天吵架,我妈的声音都快把屋顶震塌了。我用录音笔把她的声音录下来,让她自己去听,我说,你们为什么不离婚?我妈哭着说,你希望大人离婚?我说,我希望,否则我要被你们吓死了。我妈说,那你就没有家了。我说,你们这样的家,我早等于没有家了。我妈听我这么说,就去离了,否则她现在肯定是重度躁郁症。

别说牛牛，就是伊伊也不懂躁郁症，但他们都懂她真酷，酷到是她催爸妈离婚的。

伊伊说，你要他们离婚？

格格甩了一下额前削得锋利的头发，说，那时我天天希望他们离婚，因为大家都不开心，不开心为什么不离婚？不开心为什么活着？看他们天天吵架，我连死过去的感觉都有，所以我让他们给我快快去离。

她说话的样子，让伊伊觉得有说不出来的牛气，酷毙又好玩。哪想到，格格停顿了一下，突然指着伊伊，说，我感觉你爸那天也有点那个意思，真的。

什么意思？

"黏娃狂人"，躁郁症啊。

伊伊咯咯笑起来，说，他？他哪会呢。我不在家，他可能已经把金毛犬抱回家了。

虽然伊伊这么说，但下午她在房间里做数学题被卡住的时候，还是想到了这事。

她想到了爸爸那张脸。那张脸后面是奶奶家，那间小房子，那张小床，那张小书桌。小书桌上有只小台灯，做题目被卡住的时候，就盯着小台灯发呆，而爸爸又在催了……

还有那种熟悉的气息和奶奶爷爷的声音，它们在那个狭小的空间里飘来飘去，乱哄哄，暖烘烘的。

他们现在在干什么呢？她想。

她知道他们会想她。

她又寻思,他把金毛犬抱回来了吗?可别怪我是我让它走的。

她想笑,因为她好像看见爸爸在犯愁,到底是在家陪女儿做四年级的题目呢,还是出去遛狗?还是出去相亲?

我不在家的这些天,爸爸找到老婆了吗?

李良生相亲,伊伊是知道的。比如晚饭时间,若他对桌上人说"晚上我出去一趟,有个人我要去看一下",那么谁都知道他要去相亲了。爷爷奶奶的样子看上去有些高兴,他们飞快地交换着眼色,还以为伊伊不知道。

虽说明白,但伊伊对她老爸找老婆一事,也是较为漠然的。

她还小,以前跟这个老爸不是太亲。前两年她懵懂的时候是恨他跟妈妈离婚的,现在是嫌他太烦,突然黏上来管她功课嫌她笨。在情绪上,对于他的一切,小女生伊伊都有些淡漠。不淡漠又怎样?

倒是她妈杨兰,对前夫忙不迭地相亲一事,则显得不安得多。

杨兰像安抚女儿似的对她说过多次:伊伊,你爸爸以后总要结婚的,新老婆总要来的,你别哭,你要学会面对。

其实伊伊根本没哭的意思,是杨兰自己在不安,好像前夫找了新妈过来,女儿会有多吃亏似的,所以趁早要给女儿打预防针。

伊伊不需要打这种预防针,她能以小孩子自己的方式,让自

己无所谓,不投入,这才会不痛,不哭,不难过。这些年,她已经自觉不自觉地会了。

否则在那些乱线团中,你怎么过来呢?

这个星期六的下午,伊伊对着作业本上那道卡住她的题目,在开小差。开小差中,情绪也在渐起变化,因为距离,原先朝夕相处时的厌烦,竟变得有一点好笑,转而有点挂念。爸爸那张脸,也就更清晰更好笑也更可怜地浮在了她的面前。

格格真酷,原来是她要爸妈快快离婚的。

其实我也觉得不快乐为什么还要过啊?

她脑海里浮现出爸爸在校门口哀求自己的表情,突然觉得他有点可怜,他真会得躁郁症吗?

如果我现在突然出现在他面,他会不会吓一跳?

奶奶和爷爷呢?

她扭头环视四周,透过开着的门,还看着了外面的扶梯和楼下一角。到处都很安静,牛牛自己在楼下看动漫,格格在房间里戴着耳机听歌。这楼房平时也挺安静,大人白天多半不在这里,他们在外面忙,晚上回来睡觉,一早又出门了。待得最久的其实是保姆何安娜,现在她也走了。

这么想着,伊伊突然决定回家去了。

回家去看看,去吓他们一跳。

记忆里那盏小台灯的光晕更暖了。她瞅着作业本,心想,回家做这道题,没准就会做出来了。

她站起来,开始理书包和一些随身的衣物。

牛牛逛进姐姐伊伊的房间,想让她跟自己玩,却看见她在收拾东西。牛牛发愣,问,你要去哪里?

伊伊说,我要回家了。

所有的小孩在小时候都有点"跟屁虫",牛牛不假思索地说,我也要去。

伊伊说,你去干吗?

牛牛转着眼珠子,说,我要去听爸爸讲故事。

对,讲故事。

牛牛伸手小手,抓住姐姐,说,我要去,要去,我需要故事。

伊伊和牛牛给司机李虎打电话。

李虎马上过来了,说,什么事?

伊伊说,我要回家了,你能送我一下吗?

李虎说,你妈没说你要回家。

伊伊固执地说,我要回家。牛牛说,我要跟的。

李虎傻眼,哄他们等妈妈明天回来再去。

伊伊说,那好吧,你不送我们去,我们自己去,坐地铁、公交车,我知道怎么走的。

李虎还未婚,连女朋友都还没有,当然哄不住小孩。

他想,我不同意的话,万一他俩接下来趁我不备真溜出去坐地铁了,那怎么办?

他只好答应,并交代他们:那好吧,我送,但你们到了那边后,要自己告诉妈妈一声,说是你们非要去的哦。

于是,这个星期六的下午两点钟,伊伊带着牛牛回到了建工新村爸爸家。

爸爸李良生、奶奶韦红霞、爷爷李毅行见这两个小孩突然从天而降,种种惊讶惊喜不可描述。

李良生一把抱起牛牛,狠狠亲了亲他的脸颊,然后低头对伊伊说,爸爸是塞翁失马。

杨兰接到伊伊打来的电话时,正跟姐姐宋红站在南通客运站前打车,准备去乡下。

杨兰吃了一惊,对着电话那头说,啥?伊伊,你回家了?你把弟弟也带去了?你怎么这样?

因为站在喧闹的马路边,杨兰听不太清女儿的声音,就说,伊伊,你把电话给你爸。

听到了那头李良生的声音,她生气地说,李良生,你骗小孩什么了?他们怎么跑你那边去了?

李良生可没生气,他乐呵呵地说,我啥都没做,怎么又怪我了?

杨兰说,你给我看着点小孩,我正在出差,明天下午回来。

25

杨兰的寻亲之旅，没有想象中感情动怀的戏剧性，也没太过跌宕起伏的桥段。

星期六上午10点，杨兰在南通客运站与姐姐宋红相认。

这个姐姐微胖，戴眼镜，气质温婉，像个老师的模样。一问，还果然是中学老师。

宋红看着杨兰笑道，哇，这么漂亮，我有这么漂亮的妹妹，怪不得能当演员，能开瑜伽馆。

当天中午，姐妹俩就打车前往亲生父母的老家。按照那张旧信封上的地址，她们找到了那个村子。

她俩向村口的一位老人询问彭家。老人给姐妹俩指路，并告诉她们，彭家两位老人已去世了，留下一个儿子还住在这个村里，一个女儿嫁在隔壁村上。

他瞅着这两个女人，说了一句：你们一定是他家的亲戚吧，跟他们长得一模一样。

虽听他说长得一模一样，但几十分钟后，当杨兰在彭家看见大哥彭钢强和从邻村赶来的大姐彭爱华时，心里还是一震，因为这哥姐俩苍老劳累的面容跟她和宋红像两代人。

大哥是养鱼的，大姐在别人家的织袜厂打工，两个妹妹的突然到访，让他们很吃惊。但他们说，小时候有印象，妈妈生过小妹妹，后来爸妈也说起过，小妹妹给别人家养了，因为家里条件不好，养不了。

这个下午，在生身父母老家的屋檐下，兄妹四人像一株瓜藤上的瓜，经历苒苒时光，重新簇拥。

42岁、40岁、38岁、36岁。

他们脸上有对彼此的客气、好奇、拘谨，也有因生疏而引发的茫然和淡漠。这样的相认，已不会改变什么了吧，所以比想象中平静、平淡。

唯一在杨兰情绪上引起一些波澜的，是第二天早晨。

第二天早晨，杨兰送姐姐宋红去客运站乘坐前往上海虹桥的机场大巴。宋红在上车前，拉了一下杨兰的手臂说，妹妹，来这么一趟，我放下了，心里轻了，我是领养的又怎么样？这也是缘。如果我养父母早点告诉我这事，我会对他们更好的，现在来不及表达了。

她还说，杨兰，我不说你也明白，现在我们跟哥姐他们处在

了两个生态系统，附在了两个不同的平台上。

杨兰明白她的意思。昨天坐在晚餐桌上，面对那两张相似但又苍老的脸庞，她就明白了。

杨兰看着姐姐宋红上车，看着汽车开走。

这姐姐就像生活中一段隐秘的旋律，突然浮出水面，又瞬间消失，但它让人心有所动。

杨兰后来坐在回家的动车上，还在琢磨着宋红的话。她想，两个生态系统，两个平台，从那时起，就有了这种对于未来的区别。

田野、湖泊在车窗外旋转，她心里对妈妈华蓉突然有了深深的感念。也由此，曾经的那点纠结"妈妈对妹妹更好"突然变得轻渺了。

那么，曾经缺少的爱，也正以另一种认知方式在迅速弥补回来。杨兰决定以这样的认知对待这事，决定对记忆隧道里那个小女孩的叹息喊一声"停"。

她心里有了一些莫名的暖意，眼前也闪过伊伊和牛牛的脸。在经历了这些年的厮守与分离后，作为妈妈的她，已充分体会到了母爱的本能。

她想着华蓉那张严肃的面容，心想，左手亲生右手领养，她拖着两个小孩，把她们养大，当时那么点工资，这就不容易了。

人首先是人，人不是神，如果我跟她比，那样的情境中没准还是她高出呢。还怨她那点母爱不够平分吗？即使平日里她跟我一言不合、彼此争吵时，她也没出示"你是我抱养大的"

这张王牌……

车窗外的大片田野在视线里旋转，杨兰轻声自语，妈妈也不容易。

杨兰没让司机李虎来接，她一出火车站，就直接打车去胜利小区，找妹妹。

妹妹杨慧伦在家，杨兰一进门就对她说，快点，把你那张公证材料拿出来，我给你签字。

杨慧伦见姐姐突然上门来说这事，有些吃惊，再看，她拉着个拉杆箱，风尘仆仆的样子，就更纳闷。

她还注意到了姐姐有些忧愁疲惫的神情。

真搞不清楚她有什么名堂，原来不是不肯的吗？

杨慧伦向她摆手说，算了算了，我再想别的办法吧。

杨兰说，快点，拿出来吧，我刚出差回来，等下还要去瑜伽馆。

杨慧伦说，你本来不愿意的嘛。她这么说着，一边从书架上把那张纸拿出来，一边说，姐，你真不愿意就算了。

杨兰笑了笑，说，我愿意不愿意不要紧，本来房子以后就是你的。

杨慧伦以为她又在讥讽自己，就忙分辩道，哪有啊，我又没想要房子，我只是暂时拿来办学区用用的，以后可以转回妈妈的。

杨兰轻声说，房子是你的。

为什么？杨慧伦问。同时，她想把自己手里的那张纸放回书架，因为她觉得这姐今天有点怪，一下子成雷锋了还是怎么了？

杨兰伸手过去，一把将慧伦手里的那张纸拿过来，轻声说了一句：我是养女。

杨慧伦被吓了一跳，什么？

杨兰把自己接到宋红的信和这两天去了南通这事讲了一遍。

真的？不会吧？杨慧伦目瞪口呆。

她看着杨兰拿着笔往纸上签字的手，心想，这样啊。难怪我家有两个小孩，我们这一代，家有两个小孩的不多；难怪杨兰跟我一点不像，她长得这么好看，文艺体育都好，而我五音不全，我是数学好，她数学总是考不及格……

杨慧伦伸手去抚摸了一下姐姐的手背，感觉自己的心跳得厉害。

杨兰说，我跟你讲了这事，你别跟妈妈去讲，她不想让我们知道。为什么我跟你讲，是因为我说了，你才明白，不跟我争，我对你说了，也好过一点。

杨慧伦没心思明白她说的是啥意思，她相信这姐也未必知道自己到底想说啥，换了无论是谁，到这年纪突然知道这样的事，不跟人讲，会憋死的。

杨兰迅速签完字，起身，就往房门走。

杨慧伦看着她离去的背影，突然很可怜她。慧伦捂了一下嘴，跑上去，抱住她的肩，说，姐，不管有没有血缘，我们还是一家人，你是我姐，都这么多年了。

26

杨兰在去心香瑜伽馆的路上，给前婆婆韦红霞打了一个电话。

跟李良生离婚后的这些年里，杨兰跟这个前婆婆还是有些日常联络的，因为伊伊还在那边。

从"三观"角度讲，这个当初以一碗饭使得杨兰嫁给她儿子的前婆婆，比起他儿子李良生来，跟杨兰还更亲近一些。

这不，此刻韦红霞就在电话那头说，伊伊、牛牛这两天在我这儿好的，我听说你家保姆走了，如果这两天你忙，就让我带他们好了，你放心，我会看牢的。

杨兰说，那好，我刚出差回来，还真有点事要处理，我明天来接他们。

那头的电话被小男孩牛牛接过去了,牛牛大声叫"妈妈",告诉妈妈,明天我也不回去,爸爸这边有故事讲。

杨兰说,妈妈这边也有故事,好多好多故事。

杨兰回到心香瑜伽馆后,先去瑜伽教室里看了一圈。双休日是心香课程排得最满的日子,教练、员工都在连轴转。

回到办公室,坐下没几分钟,门被轻轻推开了,呀,妈妈华蓉进来了。

华蓉脸色阴郁,有难以描述的表情,一进门,她就赶紧把门给关上。她对女儿说,你跟他们联系了?

看妈妈这个样子,杨兰心烦了一下,知道妹妹没忍住去告诉她了。

这个"他们"指的是谁,不言而喻。

杨兰只好点头,说,有个姐姐找过来,我去看了一下。

华蓉脸上有失落、叹息的表情,说,你为什么不跟我讲?要瞒我?

杨兰脸红了,说,我哪敢跟你讲?你也没跟我讲啊。

华蓉在沙发上坐下来,叹了一口气,说,你对这事这么有兴趣,我就说给你听好了。我跟你爸是在新疆支边的时候结婚的,婚后我一直怀不上孩子,怀上就掉,怀上就掉,都没信心了,以为自己这一辈子养不出来了,就领养了你。领养后的第二年我又怀上了,所以又有了你妹妹……

杨兰张了一下嘴,说,是这样啊。

杨兰的惊愕神色，让华蓉有些误解，因为她知道这个女儿一直嫌自己偏心，现在竟有被揭穿了似的痛感。这让她头痛欲裂，想为自己解释。

她说，杨兰，那时家里条件不好，就这一点点工资，大西北条件又苦，没什么吃的；再说我也没想到一下子会有两个孩儿要养，只差了两岁，妈妈养得不容易，有点好吃的我都省给你们，都是当宝贝的。你妹妹小点，我又偏着她点，我也没想到一下子会有两个的，我也没做好思想准备……

杨兰瞅着妈妈，点头。

华蓉叹了一口气，说，有时我是偏着小的那个一点了，妈妈要你谅解好不好？那是因为她小……

她在解释，而杨兰现在不需要解释了。

现在杨兰虽更为明白了这话的道理——"收养一个小孩，不是养一条狗，一只猫，除给他吃之外，还得给爱，你得有这个收养的心理准备"，但，她也更明白了这心理准备的不易。

如果抱一个小孩回家，是为解决自己的问题，那这个问题在未来可能随时发生变化，而你的那点母爱对此有准备吗？如果说没准备好，那可以撒手吗？

对此，杨兰现在已经懂得，所以感恩该感恩的那一面。

她起身从桌上拿过一张纸巾，递给华蓉，说，妈妈，快别这样说了，我们在做妈之前有谁做过妈呢，都是第一次学做妈。而你做的这道题，比别人都难，别人没做的题目你在做了，没准备好，你也没撒手不做，你是继续做下去的。妈妈，幸亏你做下来

了，妈妈你看我现在不是够好的吗？都长这么大了，妈妈，我很感恩。

华蓉直着眼睛，问，你会不管我了吗？

看她这样子，杨兰想哭了，伸手抚妈妈的肩头，说，你把我养得这么大，我能不管你吗？

华蓉突然抱住女儿哭起来，软弱、茫然。

在杨兰的印象中，这是这个好强的妈妈当着她面的第一次哭泣。而这拥抱，不正是她自小起就渴望的吗？

杨兰遏制眼睛里的泪水，脸上有似笑似哭的表情，她像妹妹刚才对她说的那样，也对妈妈说了这句话：妈妈，不管有没有血缘，我们还是一家人，我怎么会不管你呢，那你不就白养我了？

妈妈华蓉哭了一场，心里轻了一点，就起身告辞。

杨兰留她吃晚饭，说，要不在这儿一起吃了再回去吧？

华蓉捂着红肿的眼睛，对女儿说，你工作忙，我也想回去安静一下。

其实，更想独自安静一下的是杨兰自己。这一天从早晨到现在，与姐姐宋红、妹妹慧伦、妈妈华蓉这么连场转的情感起伏令她疲惫。她想，今天早点回家休息了，两个小孩也不在家，刚好让脑子静一静。

华蓉走后，杨兰也离开心香瑜伽馆。她走下远洋大厦的台阶时，有一个女人向她走过来，问，请问您是杨兰总吗？

这是一个瘦高的女人，穿着一件灰色毛衣，戴着一顶灰色呢

191

帽,她在微笑,但脸上的憔悴无法掩饰。

杨兰点头,说,是的。

这女人说,我叫舒雅。我是尚格格的妈妈。

杨兰一怔。这是她与老尚前妻的第一次见面。

杨兰心想,找我?有什么事呢?

舒雅笑了笑,说,格格住在你家已经有1个多月了。

杨兰点头。

舒雅说,格格不肯见我这个妈妈了。

杨兰注意到了她脸上的忧愁和难堪,映衬着她身后雾霾弥漫的街景,是灰扑扑的感觉。

舒雅说,我给她发微信,她只回了一句"你怎么把自己做成了这样一个女人",以后就再不回我了。

杨兰瞅着这黯然的女人,心里有怜悯,她轻声问,格格妈妈,我能帮什么呢?

舒雅说,你帮我劝劝小孩,她是我的宝贝,我不能没了她。只要她能回来,跟我说话,我向她保证会调整自己的,会不封闭自己只做全职妈妈让她受不了的……你帮我说说,我没有办法了。

杨兰点头。

舒雅讲完这些,仿佛在这前夫第3任老婆面前丢尽了脸面,匆匆说了一声"谢谢你",就逃也似的走了。

杨兰回到家,已是6点多。老尚下午就从北京出差回来了,他和格格都在家。

老尚知道杨兰去南通寻亲了，他有些好奇地问，那边怎么样？

杨兰对老格说，我先得跟格格聊聊。

杨兰郑重其事的神色，让格格有些意外。格格说了一声"好啊"，就跟杨兰去了书房。

杨兰一边打开书房的灯，一边告诉格格，我刚才见到你妈了。

格格脸上飞过一丝惶恐，但马上笑道，哦，你看见她了呀。

杨兰点头，但没先跟她讲她妈舒雅交代的事，而是说了自己这次去南通寻亲的经历。

格格惊愕地睁大眼睛，心想，这阿姨到了这个年纪才发现妈妈不是亲妈，那是什么滋味？

杨兰说，阿姨到这个年纪发现，哪怕是到了这个年纪，还是需要妈妈的爱，无论这妈是怎样的一个妈。

对面的一幢房子晚上还在装修，钻头钻墙的声音持续传来，杨兰走过去关好窗。她回过头来对格格说，爸妈的爱，现在觉得太挤、太热，那是因为你以前没缺过，没冷过；而现在觉得不需要，未来可能会念念不忘。有时候人会为将来种下悔恨的种子，阿姨已经看到过了这一点。

格格瞅着小杨阿姨，在听。

杨兰笑了笑，说，格格，我相信经过你这一次跟妈妈的"隔离战术"，你妈会调整她自己的。

格格是相当聪明的女孩，她当然知道小杨阿姨对她这么说了之后，她得怎么回应。她甩了一下头发，说，小杨阿姨，我懂了。

第二天放学后，格格就直接回了妈妈舒雅的家。

第二天，杨兰去李良生父母家接小孩，她只接到了牛牛。

因为伊伊想了想，突然决定不跟妈妈回"望江一号"了，她说，还是在原来的这张桌子上做作业比较好，习惯了。

杨兰有些发愣，当着前婆婆韦红霞的面，又不好强求这小女孩，只能随她。

韦红霞站在门旁，指着牛牛，对杨兰摇头笑道，嗨，杨兰，这小家伙真是活泼哪，一刻不停的。除了听他爸讲故事能安静坐着，其他时间他基本上是坐不住的。这么好动的小孩，倒是不太有。呵，杨兰你带他也是蛮辛苦的，我这两天算是体会到了。

27

生活总是以它隐忍的惯性迅速推进，淹没那些偶尔显露的意外，重归小人物业已习惯了的轨道和秩序。

接下来的日子里，各自归位爸妈家庭的伊伊、牛牛，和凌乱了一场的杨兰、李良生，以及装作啥都没有改变的华蓉、杨兰、杨慧伦母女，都以原来的步履，继续行走在这个时代难言的生活逻辑和人物关系里，步履不息。要不，又能怎么样呢？

只是偶尔静下来，会发现心里有了一些以前没有的滋味。

对于像杨慧伦这样的女人来说，就有了唏嘘、叹息、表达的需要。

这个星期六的下午，杨慧伦一手拉着星星，一手提着一盒乐高玩具和一套帅气男童小西装，来"望江一号"看望杨兰和

牛牛。

杨兰对妹妹说，哟，来玩空手来就可以了，这么客气干吗？

慧伦告诉姐姐一个好消息：星星在胜利小学报上名了。

杨兰笑道，哦，真好。她抚了抚星星的脑袋，说，嗨，星星要当小学生了。

慧伦拍拍儿子说，星星，快对大姨说"谢谢"。

杨兰知道她是指房子那事，就笑道，谢啥呀，慧伦，本来就是你该有的。

慧伦说，那也是你帮的。

杨兰一边说"还有什么事比小孩读书的事要紧"，一边张罗妹妹在客厅坐下来喝下午茶。

姐妹俩在这边说话，牛牛和星星就坐在旋转楼梯那一头拆开乐高拼装玩具，开玩了。

今天杨慧伦是来表达谢意的，也是来增进亲情的。她说，姐，哪怕你不是妈妈亲生的，也是上天给我最好的礼物。

她的脸上有感伤。到这么大了才发现这个家里不受宠的、处处得让自己的姐姐原来是领养的，也会心生怜悯。所以，此刻她说的这话没让杨兰觉得矫情、别扭。

杨兰心情倒是已经平静了。她用手指叮地弹了一下茶杯，说，慧伦，快别想这事了，就当没有这事，我们都这么大了。

两个大人在这边唏嘘，透过宽敞的客厅，可以看到楼梯那头两个趴在地上的男孩小脑袋凑在一起，玩得不亦乐乎。

男孩间的安静是短暂的。突然,慧伦看见牛牛推了星星一把,两个小孩毫无先兆地在地板上打了起来。

两个妈妈赶紧打住谈话,奔过去,把他们分开,说,好好的在一起玩为什么打架了?

星星嘟囔道,是他先打我头的。

牛牛像一只小猴子似的跳开,顽皮地攀爬到旋转楼梯的扶手上,他对大人说,我叫他不要这么搭,他偏要。

杨兰一把将牛牛从楼梯上拖下来,训斥道,你可以好好对哥哥说,但为什么要动手?你怎么这么蛮的?

牛牛愣愣地看着光火的妈妈。

慧伦一边安抚星星,一边打圆场说,好了,好了。

慧伦在牛牛面前蹲下来,盯着小家伙的眼睛说,牛牛啊,你是小主人哪,小主人打小客人,以后哥哥就不来玩了,你不就只能一个人玩了?

慧伦要两个小孩牵一下手,重做好朋友。她指着落地窗外的花园,说,外面太阳这么好,你们还是一起到花园里去玩吧,好好玩,不要皮。

两个男孩就去了花园里。

然而几分钟后,透过客厅的落地窗,杨慧伦看见牛牛又一手把星星推倒在花坛边。星星捂着头哭起来,头上被花坛边缘的石头撞了一个包。

两个妈妈奔出屋去,手忙脚乱。

杨兰觉得很失脸面,提高嗓门训斥牛牛道,你在幼儿园闯的

祸还不够吗？星星是你的小哥哥啊，你怎么能这么撒野？

又拍打牛牛的小手，说，你这双手，怎么管不住自己的？

慧伦阻拦姐姐道，他还小，到底还小。

杨兰满脸懊恼，嘟囔道，这小孩猴子似的。

慧伦在姐姐耳边突然嘀咕了一句，姐，他会不会是有点多动症？

杨兰说，嗯，他是挺好动的，也是我平时管教不够。

慧伦微微摇头，她知道姐姐没理解自己的意思。她说，姐，我是学心理学的，我突然有点这个感觉，他会不会是少儿多动症？

少儿多动症？

如果杨慧伦没有再次打电话过来说"姐，我给你联系了个专家门诊，你这两天带牛牛去看看吧"，杨兰会忽略这个词。

她对电话那头的妹妹说，要去看吗？这个年龄的小男孩，都是皮的吧。

慧伦说，姐，不是这个意思，少儿多动症是一种儿童行为异常疾病。带他去看看吧，你得信我，我好歹是心理学博士。

这个晚上，杨兰放下电话后，上网搜索"少儿多动症"。

儿童多动症又称注意力缺陷多动症(ADHD)，是一种常见的儿童行为异常疾病。

这类患儿的智力正常或基本正常,但学习、行为及情绪方面有缺陷,主要表现为注意力不集中,注意力短暂,活动过多,情绪易冲动,学习成绩普遍较差,在家庭及学校均难与人相处,日常生活中常常使家长和教师感到没有办法。

小孩行为非常冲动,没有耐心,在做集体游戏时,常常会突然跑上去进行破坏,他们的情绪不太稳定。

少儿多动症是儿童期的一种心理行为障碍,已引起了广大家长、老师、医务工作者及全社会的广泛关注。孩子患了多动症后,如果不能得到及时的诊断和治疗,病情会逐渐加重,不仅会影响自己的学习和生活,而且还会给家庭、学校和社会造成极大的伤害,也给家庭和社会带来沉重的负担。

多动症多呈慢性过程,症状持续多年,甚至终身存在。约70%的患儿症状会持续到青春期,30%的患儿症状会持续终身。更甚者,因为孩童时期的忽略,会导致成人在工作表现、日常生活或人际关系的互动上产生困扰,导致自信心不足、有挫折感、沮丧、不明的脾气暴躁,甚至产生忧郁症……

她盯着电脑,逐条阅读、联想,心里涌起愁云。
最后这句话,好像点中了她隐忧的穴位,竟令她动弹不得:"不良的社会环境、家庭环境,如父母感情破裂、教育方式不当

199

等均可增加儿童患该病的危险性……"

杨兰在不安中过了一夜。

第二天一早,她就带牛牛去了市第一医院,看专家门诊。

虽然妹妹杨慧伦已托了人,但如今看专家门诊的人太多,所以还得等。

在候诊区等候的时候,杨兰感觉到了不对劲和害怕,因为周围的那些小孩有哭的,有闹的,有上蹿下跳的。杨兰瞅着他们,又转过头来看看身旁的儿子牛牛,心里惶恐:我的牛牛会跟他们一样吗?

终于轮到杨兰他们了。走进1号诊室,医生是个戴眼镜的老奶奶。这老奶奶简单地问了母子俩几句,然后开了几张单子让他们去缴费、检查,检查项目有测智商、验血等等。抽血时,护士用的是大号针筒,牛牛像一只小猫,对护士阿姨哀求道,阿姨,轻一点。阿姨说,好的,很轻很轻。

一大筒血从小孩纤细的手臂上被抽走,看得杨兰好心痛。

母子俩又分别做了几份测试,回家去等检查结果。路上,牛牛已经回过劲来了,他在汽车后座上爬来爬去,指着车窗外正掠过的少年宫广场上的摩天轮,说要去玩。

杨兰说,你今天抽血了,要休息,妈妈答应你过几天再去。

牛牛一张小脸笑嘻嘻的。在医院里折腾了这么一通之后,他懵懵懂懂,一点都不为自己担心。而杨兰的心里则像窗外阴沉冬日的天色。

一个星期后,去取诊断报告的是杨兰一个人,因为大雨天,

她没带儿子过去。

确诊 少儿多动症。

她忧愁地望着医师老奶奶，问，李医师，看上去好好的小孩，怎么会得这病？

李医师一边开药方，一边说，得病的原因多种多样，有内因、外因，比如遗传因素、孕期因素，还有家庭因素，学习压力，父母的关系是否良好……

她的后半句话里有许多字眼戳中了杨兰的惶恐和心痛。

杨兰从诊室里出来，穿过医院的走廊，经过转角的长椅时，她坐下来，看着落地窗外连绵的雨水，想让纷乱的脑子安静一下。

她给前夫李良生发了一条微信：牛牛得了多动症。

李良生立马回过来了：男孩总是多动的。

他还加了一个吐舌头的表情。

杨兰知道他不懂，就呼地将网上的多动症名词解释截图发了过去，并发了一句：你看看清楚再说。

他显然没看，就立马回过来了，因为他感觉到了她的情绪，以牙还牙：牛牛不是你在带吗，怎么又怪我了？

杨兰回：怎么不怪你？我怀他的时候，你让我整天什么情绪？

他回：娘胎里就带来的？这不是先天论、宿命论吗！如果你这样认为，我无语。

切，你还无语呢。杨兰退出微信，心想，真的永远说不到一起去。

杨兰从医院配了几种药回来。

她看着这些药很犹豫，因为它们有副作用，药盒上写得清清楚楚。李医师也有交代，说对肠胃、肝肾功能有轻微影响，服药后需要定期做肝功能检测，对肠胃的影响可能让孩子食欲不振。

杨兰心想，哪怕说的是影响轻微，但吃药的是才这么点大的小孩啊。

但李医生说，从治疗效果看，吃药还是有效的，需要吃的。

杨兰犹犹豫豫地哄儿子牛牛吃下。

除了吃药，李医生提供的治疗方案还包括：对少儿感觉统合能力训练的建议，对多让孩子参加社会化活动和体育运动的建议，对家庭成员相互配合营造和谐氛围的建议，对幼儿园配合患儿教育治疗护理的建议，以及对家长调整改善亲子关系的建议等等。

于是，与吃药的纠结、犹豫形成鲜明对比的是，杨兰二话不说立马去"安贝利"找陈瑶园长，寻求幼儿园今后对牛牛的帮助。

她对陈瑶园长说，我现在才知道他为什么总是闯祸、调皮。

陈园长脸上有恍悟的神情，她同情地看着杨兰，说，原来是这样啊，难怪这小孩情绪不太一样，手上总是小动作多。

陈园长答应在幼儿园里多给予牛牛关照，不歧视，更耐心。

她安慰杨兰道，你放心，我很喜欢他的，小家伙很聪明的，

也很黏我的，现在咱们知道症状了，就对症下药。

除了寻求幼儿园的帮助，杨兰还四处打探、寻找专业的少儿感觉统合能力训练机构。

而在找到靠谱的专业机构之前，杨兰决定自己先上手，不是说患儿治疗需要家庭成员的温馨介入吗？于是她在网上搜罗各种家庭治疗攻略，还加入了数个"多动症妈妈群"，与那些同样心急如焚的妈妈们抱团取暖，交流经验。

她还以最快的速度为自己物色了一名助理，帮自己在下午和晚上的时候管理瑜伽馆运营。这样，现在每天下午4点钟杨兰都能准时出现在幼儿园门口，接牛牛回家。

回家后，她的训练课开始了。她哄牛牛做游戏，搭积木、看图识字、复述故事，让小男孩尽可能多地坐下来，坐得久一点，专注度高一点。

牛牛注意到了这些日子妈妈的异样。

有一天他在吃药的时候突然问，妈妈要我吃药，妈妈每天跟我玩，是不是我生病了快死了？

杨兰闻之惶恐，一把搂过儿子，说，谁说的？怎么会呢？牛牛好好的，牛牛没病，是妈妈现在喜欢跟牛牛玩。

牛牛嘻嘻笑起来，问，为什么我要吃药？

其实这问题他之前就问过几次，杨兰总是这样回答：如果你坐得住，就可以不吃药了。

今天，她又这样哄他：牛牛，这是想让你坐得住，能专注起来，以后当小学生了，每天要坐在教室里呢。

牛牛扬着小下巴说，爸爸讲故事的时候，我就坐得住。

杨兰说，好，现在妈妈给你讲故事，看你能安静坐多久？等妈妈讲完后，牛牛再讲一遍给妈妈听，好不好？

于是，杨兰开讲《睡美人》《卖火柴的小姑娘》《豌豆公主》。

或许妈妈讲故事的技巧没办法跟爸爸比，或许妈妈讲的故事不是小男孩的菜，牛牛听着听着，就坐不住了。他对妈妈嘟囔，爸爸的故事好听。

杨兰张嘴吐了一下舌头，说，爸爸的故事？那是他骗小孩。

牛牛噘起小嘴，不服气地说，我要爸爸讲故事。

杨兰说，他就会瞎编。

小男孩不知怎么一想，任性地嚷嚷起来：我要爸爸讲故事，我要爸爸讲故事。

他像一个向妈妈讨好东西吃的小孩。杨兰无措地看着他，心烦意乱。

28

这个晚上九点半,在牛牛入睡之后,杨兰从"望江一号"出来,开车前往建工新村找李良生。她知道,这个时间点前夫已从"安贝利"接了上夜自习的女儿伊伊回到家了。

李良生接到杨兰的电话后,赶紧下楼来,见前妻站在单元门前的桂树下,面容严肃。

他觉得不妙。

其实最近这些天,他已在网上查过了少儿多动症的材料,知道了这病的麻烦,心里也是在为儿子犯愁的。

他瞅着她此刻心事重重的脸色,心想,治得怎么样了?估计不怎么样,否则这么晚跑过来干吗?又是来训我一通发泄情绪的吧?

哪想到杨兰开口说的话是：李良生，今天我不是来怪你的。

他定定地看着她，用狐疑的眼神。你还不怪我？你出现在这儿，哪一次不是来怪我的？现在你又是来敲打我要我承担责任吧？这责任从小孩在娘胎里就得算起，好吧，好吧。

于是他赶紧对前妻说，我还有2万块钱，我出。

她说，你那点钱留给伊伊补课用，我不要你的钱。

他知道她不差钱。他说出钱，是为了表明他有责任而已，省得她啰啰唆唆。

只是她今天确实不是来责怪他的，也不是来算账的，她是来希求他的。

她微微扬了扬头，说，小孩要你讲故事。

他一怔，说，嗯，这没问题。

她说，我想这倒也是一个训练的办法，只要让他能坐得住，咱先从坐下来专心听讲开始练……

她这么讲，他立刻明白了，因为他这些天看到的材料上也有训练这么一说。

他说，好，我很愿意。

她说，每星期讲三四次，你要抽时间。

他古怪地笑了一下，说，给他讲故事，对我也是很享受的事。

路灯下，他这笑容有些可怜兮兮，让人心软。

她瞅着他单薄的身影，这一刻突然觉得他有些可怜，并且这可怜衬着他头顶上方小区里的万家灯火，突然开始弥漫，弥漫到

比身后这株桂树还大,弥漫到夜空中,呼应着万千窗户里的各家心事……

家家都有难念的经,哪怕不是一家人了,还扯着断不了的牵绊。她捂着眼睛,却捂不住泪水。她说,这小孩很可怜,你要让他高兴起来。

这时,有一个小身影从单元门廊的阴影里走出来,向他们挪过来,对他们说,弟弟最喜欢跟我在一起玩了,我也要去给他讲故事。

是女儿伊伊。

刚才伊伊在家里听见爸爸接电话的声音,就知道是妈妈来了。在爸爸下楼后,她也悄悄跟下楼来,她有好些天没见妈妈了,她想,妈妈是来说弟弟的事吗?

她知道弟弟生病的事。最近爸爸在家跟爷爷奶奶说牛牛得病的事,她听见了。多动症是什么鬼?会变成笨小孩吗?这些天她心里在嘀咕。

现在伊伊向桂树下的爸妈走过去,让两个大人大吃一惊,他们异口同声地说,啊,伊伊你怎么下来了?快回去做题目,爸爸妈妈在说事,小孩子别管。

伊伊站着不走,她得管。她对爸妈说,我也要给弟弟讲故事,我星期六上完数学课后,可以去给他讲故事,我可不想让他变成笨小孩。

她小脸上的神情,让李良生心里既心痛又怜爱。他俯身伸手捧住伊伊的小脸,感觉热乎乎的,像捧着一支小小的蜡烛。在这

万家灯光的小区夜色中,这是他的女儿。他想,这么暖心,谁说是橡皮小孩的?

杨兰掩面而泣,呜咽声吓了伊伊一跳,她伸手去拉妈妈的手,劝道,妈妈你不要哭,不要哭了。

这一刻,如果从小区的高处望下去,单元楼前,大人小孩三个,像夜色中抱团取暖的鸟雀,虽不是一家人了。

29

接下来的日子里,每周3次,李良生带着准备好的故事走向儿子。

他收起平日里的愁绪,对儿子展现欢颜。这确实是他的享受时光。

儿子牛牛像一个讨糖果的小孩,对这个被人轻视的老爸呈现了巨大的期待,小嘴里在说,讲、讲、讲。

李良生装作忘记上一次讲到哪了,问他,上一次孙悟空去哪儿了?

牛牛说,植物园。

李良生说,哦,是啊是啊,那他在植物园得到了小朋友的什么礼物啊?

牛牛说，小朋友给了他一根"合作棒"。

李良生装恍然大悟，说，哦，原来是"合作棒"呀。猴哥这么本领高强都需要小朋友的"合作棒"？

牛牛点头，说，那当然。

李良生笑起来，说，那么今天讲什么呢？当然是"牛牛大闹动物园"。

牛牛就咯咯地笑。

故事像一个个诱饵，引导小孩从安静坐、专注听，到复述、联想……

而到星期六下午的时候，小姐姐伊伊背着书包也来了，她带来的是纸工。她跟弟弟坐在一起做纸工。

一只纸鸟、一间纸小屋、一朵纸棉花糖、一棵纸树。伊伊告诉弟弟，这是仙鹤的家。

在牛牛治病的日子里，他身边有了3个亲人的围绕和陪伴。

这是他以前没有过的，是他的稀缺品，也是他病中的特权和特需。

冬天在过去。当春天来临的时候，休息天李良生开始带牛牛出门活动。治疗方案中不是有一条"参加社会化活动和体育运动"吗？

于是，梦想中的那一幕竟然实现了：李良生给牛牛买了一辆小自行车，星期六下午，牛牛、伊伊各骑一辆小自行车，李良生跟骑在后面，三人沿江畔的自行车道慢慢骑行。

这是春风洋溢、欢笑一路的一幕。

因为牛牛生病，李良生带着两个孩子骑车游玩的梦想实现了。

他有些心酸。他对两个小孩说，加油，加油。

安贝利幼儿园部的老师们注意到了牛牛的治疗效果：如今小家伙坐得住多了，比以前管得住自己的手脚了，冲动行为少了，与小朋友的合作性也好多了。

她们夸他：懂事了。

而陈瑶园长对人说，小孩呀，就像一朵小花，你把爱的营养液灌下去，它自然会长得好，开得好。

作为妈妈，杨兰当然更注意到了牛牛的变化：除了坐得住了这一点之外，这小家伙越来越会对她表达亲昵、撒欢了。

比如，这个星期天的上午，牛牛在吃了药之后肚子不舒服，妈妈杨兰像以往一样，把他抱在怀里轻揉他的胃部。杨兰说，想高兴的事，一会儿就不难过了。

牛牛看着窗外难得的蓝天，嘴唇嘟嘟地告诉妈妈，高兴的事就是去少年宫广场坐摩天轮。

杨兰说，好的，好的，坐摩天轮，呼地一下我们升得高高的，下面的人变得好小好小。咦，怎么这么小呢？你们在哪里呀？

牛牛咯咯笑了，说，姐姐也去，星星也去，格格也去，爸爸也去……他们都转来转去。

杨兰看着窗外，这确是个诱人的晴朗天，阳光落在门前的草地上，一只小鸟在窗前的樱桃树上唱歌。

杨兰心里一动,问牛牛,下午肚子不难过了,你真想去坐摩天轮吗?

牛牛舞着手在妈妈怀里撒欢似的肯定:想,想,妈妈,我要去,要去,姐姐也去,格格也去。

结果,到中午时分,药物反应过去,杨兰赶紧安排,她给前夫李良生、妈妈华蓉打电话,让他们去儿童公园。她说,牛牛想出门玩。

一个小时后,牛牛被妈妈牵在手里,出现在儿童公园的摩天轮下,与姐姐伊伊、爸爸李良生会师。

这是城市里少有的好天气,天空湛蓝,泛着蓝宝石般的光泽,映衬着少年宫广场怒放的鲜花,空气中有淡淡的棉花糖的香甜味。摩天轮在缓缓转动,过山车在飞快盘旋,旋转木马在唱歌,月亮船在摇摆,小飞机在升降……孩子们的欢声、尖叫、笑语像一阵阵打转的风,掠过耳畔。

牛牛的小脸在笑,他的小手被姐姐伊伊牵着。在他们身旁,渐渐地聚集了一队人马:外婆华蓉、奶奶韦红霞、爷爷李毅行、小姨杨慧伦、表哥星星、小宝宝嘟嘟都来了,老尚和尚格格也来了,尚格格还给牛牛带来了一只变形金刚。

后来,牛牛就跟伊伊、星星、格格坐上了摩天轮,摩天轮冉冉升起,缓缓旋转,一圈,两圈,三圈。

升至高处的小男孩牛牛看着下面的那些亲人,小嘴轻轻唤着:

妈妈、爸爸、外婆、爷爷、奶奶、阿姨……